JN211321

龍の美酒、Dr.の純白

樹生かなめ

white heart

講談社X文庫

目次

橘高正宗
【きったか まさむね】
清和の養父。
眞鍋組顧問。
祐
【たすく】
眞鍋組の参謀。
安部の息子のような存在。
安部信一郎
【あべ しんいちろう】
正宗の右腕であり舎弟頭。
眞鍋組組員の信望が厚い。
橘高典子
【きったか のりこ】
清和の養母。
リキ
清和の右腕。
眞鍋の虎と呼ばれる。
橘高清和
【きったか せいわ】
眞鍋組二代目組長。
氷川の恋人。
氷川
氷川諒一
【ひかわ りょういち】
清和の恋人。
明和病院に勤める
美貌の内科医。
人物紹介

京介【きょうすけ】
ホストクラブ・ジュリアスの人気ホスト。ショウの幼馴染み。
サメ
眞鍋組の諜報部隊トップ。
ショウ
清和の舎弟。眞鍋組の特攻隊長。
吾郎【ごろう】
清和の舎弟。
卓【すぐる】
清和の舎弟。箱根の旧家出身。
宇治【うじ】
清和の舎弟。
信司【しんじ】
清和の舎弟。摩訶不思議の信司と呼ばれる。

イラストレーション／奈良千春《ならちはる》

龍《りゅう》の美酒《びしゅ》、Dr.《ドクター》の純白《じゅんぱく》

1

熱海《あたみ》と東京はそんなに遠くない。

鬼みたいな清和《せいわ》くんに着崩れた着物のまま車に放り込まれて、ショウくんが物凄《ものすご》いスピードで飛ばして、僕が何をどう言っても聞いてくれなくて、宇治《うじ》くんや卓《すぐる》くんは返事もしてくれなくて、前を行く大型バイクの吾郎《ごろう》くんは何度もハンドルを切り損ねたみたいだけど、あっという間に東京に入った。

ここは東京のはず。

それも眞鍋《まなべ》組のシマに建つ眞鍋第二ビルのゴージャスな部屋なのに。

どうして、熱海芸者がいる？

ずいぶん、体格のいい芸者たち、と氷川《ひかわ》は、扇で顔を隠しながら現れた芸者たちに思い切り戸惑った。

彼女たちなら確実に鴨居《かもい》に頭がぶつかる、と。

「清和くんご贔屓《ひいき》の芸者さん？」

朧月《おぼろづき》こと氷川諒一《りょういち》が呆然《ぼうぜん》とした面持ちで、隣に立つ愛《いと》しいヒモに尋ねた。……否、指定暴力団・眞鍋組の二代目組長である橘高《きったか》清和に尋ねた。もはや、花街のヒモではなく、不夜城の覇者だ。

「……いや」

清和は後ろを向いた姿勢でポーズを取る芸者たちを眺めた。

「清和くんが呼んだんじゃないの？」

「……ああ」

清和の表情はこれといって変わらないが、驚愕《きょうがく》していることは間違いない。愛しい男を深く愛しているからか、深く愛されているからか、おむつを替えたことがあるからか、理由は定かではないが、氷川はなんとなく十歳年下の幼馴染《おさななじ》みの感情が読めるのだ。

「……へっ？」

ショウの素《す》っ頓狂《とんきょう》な声に宇治の呻《うめ》き声。

「……ううっ？」

ショウや宇治、卓や吾郎といった眞鍋組の若手構成員たちは腰を抜かさんばかりに驚いている。幹部候補の若き精鋭たちは、熱海から二代目姐《あね》を強引に連れ戻したメンバーだ。眞鍋組が牛耳る街に入っても、眞鍋第二ビルの駐車場に到着しても、エレベーターに乗り込んでも、それぞれ、一言も喋《しゃべ》らなかったというのに。

ここは熱海芸妓《げいぎ》が厳しい稽古《けいこ》に耐えた芸を披露する見番《けんばん》歌舞練場か。

ひらひらひらひら～っ、と天井から梅の花が落ちてきた。どこからともなく、都々逸が流れ、パッ、とライトが点灯する。

ちんとんしゃん。

クルリ、と芸者が振り返った。

「お初にお目にかかります。あちき、信狸奴《しんだぬきやっこ》でありんす。どうかご贔屓に」

芸者だと思ったが違う。摩訶不思議《まかふしぎ》の冠を被《かぶ》る構成員の信司《しんじ》だ。やけに島田の鬘《かつら》がマッチしている。

ちんとんしゃん。

クルリ、とふたり目の芸者が振り返った。

「お初にお目にかかります。あちき、サメ狸奴でありんす。どうかご贔屓に」

芸者だと思ったが違う。諜報《ちょうほう》部隊を率いるサメだ。どこからどう見ても美人芸者にしか見えない。

ちんとんしゃん。

クルリ、と三人目の芸者が振り返った。

「お初にお目にかかります。あちき、イワシ狸奴でありんす。どうかご贔屓に」

芸者だと思ったが違う。諜報部隊のメンバーであるイワシだ。さすがというか、完璧《かんぺき》に変装している。

ちんとんしゃん。

クルリ、と四人目の芸者が振り返った。

「お初にお目にかかります。あちき、シマアジ狸奴でありんす」

芸者だと思ったが違う。諜報部隊のメンバーであるシマアジだ。こちらも、男とは思えない美人芸者ぶりだ。

ちんとんしゃん。

クルリ、と五人目の芸者が振り返った。……いや、芸者姿に扮《ふん》した逞《たくま》しい大男が振り返った。

「……うっ……うううううううううううう……姐さん、やっと帰ってくださった……やっと……長かった……」

後ろ姿から芸者ではないとわかっていた。女性ではないとわかっていた。……が、まさか、眞鍋の屋台骨のひとりである舎弟頭の安部信一郎《あべしんいちろう》だとは思わなかった。

「……あ、安部さん？」

あの昔気質《むかしかたぎ》の安部さんが、と氷川はその場で顎《あご》を外しそうになる。不夜城の主は低い声を漏らした。

「……っ？」

間髪を入れず、ショウの張り裂けそうな叫びが部屋中に響き渡った。

「……え？　宇治に惚《ほ》れたゲイバーの元自衛官じゃない？　……あ、あ、あ、安部のおやっさん、トチ狂ったーっ？」

ショウに続き吾郎も下肢を震わせながら叫んだ。

「……ど、ど、ど、どうして安部のおやっさんまでそんなコスプレ？　病院に行きましょうーっ」

卓はこの世の終わりのような顔で、ポツリポツリと言った。

「……な、何かおかしなものでも食べましたか？　……ショウじゃないから賞味期限がだいぶ前に切れたギョーザを食ったりしないですよね？」

武闘派として勇名を馳《は》せた重鎮の艶姿《あですがた》に阿鼻叫喚《あびきょうかん》の嵐《あらし》。

もちろん、氷川と清和は二の句が継げない。ただただ呆然とその場に立《た》ち竦《すく》む。それぐらい破壊力があったのだ。義理と人情を重んじる昔気質の極道の芸妓姿が。

「……あ～っ、そのな……姐さん……姐さんでな……姐さんなんでさぁ……姐さんの一言に尽きるんでさぁ……」

安部は無間地獄で苦しむ亡者以外の何物でもないが、信司やサメなど、ほかの芸者たちはノリノリで踊りを披露する。まるで水を得た魚のようだ。

「……今夜、魘《うな》されそう」

氷川がポロリと零《こぼ》した時、背後からやけに甘い声が聞こえてきた。

「熱海で評判の朧月姐《ねえ》さんをお迎えするのですから、生え抜きの芸者を集めました」

振り返れば、魔女がいる。

……いや、魔女を凌駕《りょうが》する現代の魔女だ。

眞鍋組のみならず不夜城界隈《かいわい》で恐れられる策士が悠然と立っていた。その秀麗な美貌《びぼう》はいつにも増して輝いている。

氷川が頬《ほお》を引《ひ》き攣《つ》らせ、清和は凜々《りり》しい眉《まゆ》を顰《ひそ》めた。

「……ひっ」

ショウや宇治、吾郎は同時に低い悲鳴を漏らし、いっせいにその場にへなへなと崩れ落ちる。一騎当千の兵隊が、蛇に睨《にら》まれた蛙《かえる》だ。

「……お、お、お、お疲れ様です」

辛《かろ》うじて、頭脳派幹部候補として目されている卓は挨拶《あいさつ》をした。けれど、それで力尽きたのか、苦しそうに壁によりかかる。

まったくもって、魔女が醸しだす瘴気《しょうき》は凄《すさ》まじい。

「……祐《たすく》くん？」

氷川は怯《おび》えたりせず、スマートな策士に向かって一歩、大きく踏みだした。もっとも、清和はその場に固まったままだ。

「朧月姐さん、深川芸者直伝の舞で浮き世の憂さを忘れてください」

氷川の呼び名といい、芸者姿の安部を指す手つきといい、笑っているようで笑っていない目といい、祐のすべてが毒々しい。

並々ならぬ怒りが込《こ》められている。

言わずもがな、溜《た》まりに溜まった鬱憤《うっぷん》の原因は、新婚旅行で核弾頭ぶりを発揮した二代目姐だ。

「祐くん、信司くんやサメくんたちならともかく、安部さんまでコスプレさせるのは可哀《かわい》相《そう》だよ」

わかった。

これでわかった。

祐くんのいやがらせだ、と氷川は眞鍋芸者の出迎えに納得した。安部をこんなふうに動かせるのは祐しかいない。こんな無体なことをさせるのも。

「朧月姐さん、よくそんなことが言えますね。我らが眞鍋の二代目をヒモ扱いしたのはどこの誰ですか？」

ヒモに比べたら芸者なんて可愛《かわい》いものです、と祐は手にしていた扇を嫌みっぽく振りながら言った。眞鍋芸者五人衆より芸者姿が似合いそうな美青年は、ジバンシィのスーツをファッションモデルのように着こなしている。

「清和くんはヒモがいい」

清和は熱海の花香月《はなかづき》という温泉旅館で、激動の時代を生き抜いたベテラン芸妓に『ヒモ』と一蹴《いっしゅう》された。赤ん坊を強引に背負わせたら、敵には容赦しないと恐れられているヤクザが、ヒモに見えたものだ。

正直、可愛かった。

嬉《うれ》しいなんてものではなかった。

今でもできるならば、清和には眞鍋の金看板ではなく赤ん坊を背負わせたい。

「朧月姐さん、なんて罪深いことを仰《おっしゃ》る」

「僕は本気だ」

「今でも？」

「うん、僕はヒモの清和くんを養うために頑張る。任せて」

氷川が楚々《そそ》とした美貌で力むと、清和の周りの空気がどんよりと重くなった。熱海で二代目姐の芸妓っぷりを直《じか》に見た若手構成員たちはゾンビと化す。

ポトッ。

扇を落とした眞鍋芸者は言わずもがな安部だ。

サメ狸奴こと芸人魂炸裂《さくれつ》のサメがしなやかに舞いながら扇を拾って、安部のごつい手に握らせた。

まだまだ眞鍋芸者の舞台の幕は下りない。

「朧月姐さんのヒモは眞鍋組を背負っています。眞鍋の男衆をどうするつもりですか？」

「そんなの、一緒に熱海で温泉卵や干物を作って売ろう。みんなで眞鍋旅館を経営するのもいいかもしれない。アクア・筑紫《つくし》によって花香月がどんなリニューアルをするか知らないけれど、上手《うま》く提携して『意外と熱海』のキャッチコピーに乗るんだ。『意外と眞鍋』って」

日数にしてみれば短いが、氷川はすでに熱海の住人のような気分だ。それくらい、熱海芸妓として花香月で過ごした時間は濃厚だった。それまでのいろいろなものが覆されるぐらいに。

「芸者ごっこと『意外と眞鍋』ごっこは、この場に控えし眞鍋芸者とお楽しみください。今後ともご贔屓に」

祐の言葉に呼応するように、信司とサメがいかにもといった決めのポーズを取る。ひらひらひら〜っ、と梅の花の花びらがいっそう激しく舞い散った。まさしく、舞台のクライマックスだ。

「祐くん、嫌みっぽい……それより、安部さんを解放してあげて。そろそろ倒れそうだよ」

氷川は医師の目で安部の状態を観察した。とてもじゃないが、このまま舞台に立たせられない。

「安部さんには狸百匹を止められましたので」

一瞬、祐が何を言ったのか理解できず、氷川は怪訝《けげん》な顔で聞き返した。

「……え？　狸百匹？」

「姐さんのお心を慰めようと、花香月に狸を百匹、送らせていただこうと思いましたが、安部さんに止められたのです」

魔女が狸を百匹、送りつけようと決めたら、誰にも止められないだろう。おそらく、父親代わりの安部は自身を盾に制止したはずだ。

安部さんのことだから祐くんを止めるために指を詰めたのかもしれない、と氷川は反射的に安部の指を確認する。眞鍋の重鎮はぎこちない手つきで扇を握っていた。

「狸百匹なんて送られたら困る。バナナでも困ったのに。どうしてそんな意地悪ばかりする？」

氷川の瞼《まぶた》にバナナの山脈が蘇《よみがえ》った。老朽化の著しい旅館がバナナで倒壊するかと案じたほどだ。

「俺は二代目と姐さんを新婚旅行に送りだしました。まさか、姐さんが狸と駆け落ちした挙げ句、熱海で芸妓になるなど、予想だにしていませんでした。核弾頭という仇名《あだな》以上の名が思い浮かびません」

祐が怒気を含んだ甘い声音で言った通り、氷川と清和は紆余《うよ》曲折《きょくせつ》あったものの結婚式を挙げ、多くの関係者に祝福してもらった。そのうえ、祐の作為により、氷川は七日間という休暇が与えられ、新婚旅行に旅立ったのだ。予定では旧御園《みその》家別邸だった高級旅館がある湯河原《ゆがわら》温泉に一泊してから、旧御園家本宅があった京都へ行くはずだった。愛しい夫と一緒に、実母のルーツを辿《たど》るはずだったのだが、予期せぬ狸によってブチ破られた。

「僕もびっくりした」

すべては狸から始まった。

氷川自身、想像を絶する出来事の連続だった。湯河原温泉で狸福《りふく》神社にお参りしようとしたものの、狸の着ぐるみを被った小田原《おだわら》の千晶《ちあき》に懇願され、清和に声をかける間もなく、ワゴン車で熱海に連れていかれたのだ。怒濤《どとう》の新婚旅行だった。正しくは、新婚旅行は初日だけだった。

「他人事《ひとごと》のように仰らないでください」

「湯河原温泉に狸が現れて、びっくりしない人はいないと思う」

氷川の脳裏には狸が見つけて広めたという湯河原温泉の伝説がこびりついている。心がほっこりする昔話だ。

「式を挙げたばかりの夫を捨て、狸と逃げた人が仰るセリフではない。姐さんは狸夫人になりたかったのですか？」

狸夫人、という祐のイントネーションには、未《いま》だかつてない鬱憤が込められていた。ショウが霊長類とは思えない声を漏らす。

「……た、狸夫人？」

氷川の前を狸に化けた自分が過った。……狸なのか。狸が自分に化けるのではなくて、自分が狸に化けるのか。

氷川の脳内は狸に染まる。

「狸夫人とお呼びしたくない」

ふぅ～っ、という祐のわざとらしい溜め息で、氷川は我に返った。

「……狸で思いだしたけど、僕が湯河原から送ったお土産の狸のお饅頭《まんじゅう》は、ちゃんと届いた？」

祐の狸攻撃に沈没している場合ではない。湯河原の駅前のお食事処《どころ》でたんたんたぬきの名物料理を食べた後、お土産を買い込み、発送してもらったのだ。到着したという報告は受けていない。

「大量の狸饅頭が送られてきました」

「よかった。その狸饅頭を持って、お世話になった人たちにご挨拶に行くから」

橘高夫妻に裕也《ゆうや》くん、裕也くんが通っている保育園に千佳《ちか》ちゃんのママ、藤堂《とうどう》さんと桐嶋《きりしま》さん、昭英《あきひで》くんやりっちゃんや櫛橋《くしはし》組組長、京介《きょうすけ》くんやホストクラブ・ジュリアスのみんな、毎日サービスの夏目《なつめ》くんと浩太郎《こうたろう》くん、弁護士の和成《かずなり》先生、御園家の剛《ごう》くん……と、氷川は挙式の参列者を眼底に並べる。

「ご挨拶は結構です」

「どうして？」

「狸夫人にはしていただかなくてはならないことがあります」

カツーン、と祐は一歩、踏みだす。

もちろん、氷川は引いたりしない。

「祐くん、狸夫人はやめて。僕がたんたんたぬきの狸夫人なら清和くんも狸だよ」

狸夫婦、と氷川は白百合《しらゆり》と称《たた》えられる美貌で力んだ。気合で背後に狸の幻を燃え上がらせる。

「いっそ狸のほうがよかったかもしれません」

「狸のヤクザ？」

「二代目には狸のようにしたたかな親分になっていただきたい」

かの徳川家康《とくがわいえやす》の仇名は『狸オヤジ』でしたね、と祐は扇を振りつつ、戦国の覇者の名前を口にした。

「清和くんも千晶くんや千鳥《ちどり》さんみたいに狸の着ぐるみを着せる？」

「ヒモよりいいかもしれません」

バチバチバチバチッ。

日本人形の如《ごと》き二代目姐と秀麗な参謀の間で火花が散る。

バズーカ砲をブッ放す眞鍋の昇り龍も、命知らずの切り込み隊長も、勇猛果敢な兵隊たちも、みな、命のない置物のように固まっていた。

我関せずとばかり、踊っているのは眞鍋芸者だ。正しく言えば、安部を除く眞鍋芸者たちだ。

誰一人として、核弾頭と魔女の睨み合いを止めようとはしない。

「祐くん、そんなくだらない嫌みばかり言って楽しいの？」

「姐さん、その姐さんのお言葉に呆《あき》れ返《かえ》る」

「そもそも、悪いのは千晶くんからの連絡を邪魔した祐くんでしょう。僕と連絡が取れないから、千晶くんはあんな手を取ったんだ」

結婚式に小田原の千晶と千鳥が参列していないからおかしいとは思った。連絡がなかったから案じてはいたのだ。まさか、祐が千晶からの連絡をシャットアウトしていたとは知らなかった。

規格外の千晶が狸に化けても仕方がない。

「狸夫人でもなく朧月姐さんでもない、我らが眞鍋の姐さん、繰り返します。まず、何よりも、姐さんにしていただかなくてはならないことがあります」

トントン、と祐は扇で猫脚の白いテーブルを叩《たた》きつつ、強引に話題を戻した。テーブルに飾られた純白のカサブランカが、一瞬で枯れたような気がしないでもない。

「だから、何かな？　のんびりしていたら、祐くんが清水谷《しみずたに》の御手洗《みたらい》理事を脅してもぎ取ってくれた休暇が終わってしまう。すぐにでもご挨拶に回りたい」

氷川は清水谷学園大学の医局から、都内有数の明和《めいわ》病院に派遣されている内科医だ。御手洗理事の付き添いという休暇が終われば、何がなんでも仕事に復帰しなければならない。

「まず、姐さんがここでしなければならないことは猛省です」

スッ、と祐の扇が氷川の鼻先に向けられた。

「猛省？」

「新婚旅行を台無しにしたのはどなたですか？」

祐の不気味な怒気を感じた瞬間、氷川にいやな予感が走った。

「……ちょ、ちょっと、また監禁？」

かつて眞鍋第二ビルの豪華絢爛《ごうかけんらん》な部屋に監禁された。今、氷川が立っている部屋は、あの時とはまた一風、趣の違うゴージャスな部屋だ。そう、白いテーブルや銀のワゴンに山盛りのバナナスイーツが盛られているから。

「猛省していただくための部屋です」

「反省文でも提出すればいいの？」

ふと視線を猫脚のソファに流せば、狸のぬいぐるみがカップルで並んでいる。

狸のぬいぐるみ？

クマやウサギならわかるけれど、狸のぬいぐるみなんてあったの？

あっちにもこっちにも狸、と氷川は白と金のチェストにある狸のカップルの焼き物に気づいた。

以前の監禁部屋には、見られなかったアイテムである。そのうえ、おしゃまな女児たちが取り合っていた熱海のゆるキャラのぬいぐるみもあった。

「姐さんの反省文など、なんの価値もありません。心からの反省がほしい」

「祐くん、僕だけ責めるのはひどい」

祐くんも悪い、と氷川は仁王立ちで凄《すご》んだ。こちらにもいろいろと言いたいことはてんこもりである。

「仰る通り、非は姐さんだけに非《あら》ず。核弾頭を御せない二代目の非が最も大きい」

ふたりで猛省してください、と祐は未だかつてない瘴気を漂わせながらこれみよがしに扇を振った。

その途端。

ガラガラガラガッシャーン。

目の前に柵《さく》が下りてきた。

ボンッ。

いきなり、ライトが消え、部屋が真っ暗になる。誰かが移動する物音や両生類の断末魔が聞こえた。

「……げろっ……げっげっげろろろろろろろろろろっ」

「……うううううう……姐さん……うぉぉぉぉぉぉぉぉぉぉぉぉぉ～っ」

「……ぐっ……ぐぉぉぉぉ……姐さん……」

暗闇《くらやみ》の中、大蛇や大魔神の断末魔も聞こえた。確認できた人としての言語は「姐さん」だけだ。

2

いったい何がどうなったのか。

暗闇《くらやみ》の中、氷川《ひかわ》は立《た》ち竦《すく》む。

ボンッ、と明かりが点《つ》いた時、カサブランカで飾られた豪勢な部屋には氷川と清和《せいわ》しかいなかった。ショウや宇治《うじ》、吾郎《ごろう》や卓《すぐる》は言わずもがな、魔女や五人の眞鍋《まなべ》芸者もいない。

けれど、柵《さく》は下りたままだ。

廊下に続くドアは頑丈な柵に阻まれている。

「……ちょ、ちょっと、これはいったいどういうこと？」

ガシャガシャガシャッ、と氷川は柵を握って外そうとした。しかし、頑丈な柵はビクともしない。

顔面蒼白《そうはく》の氷川とは裏腹に、清和はいつもと同じように無表情だ。困惑している気配は微塵《みじん》もない。

「清和くん？」

どうして慌てないの、と氷川は怪訝《けげん》な顔で愛《いと》しい男を見上げる。

「……………」

「なんで、黙っているの？」

ツンツン、と氷川は愛しい男の唇を突いた。

「祐《たすく》を怒らせた」

清和は抑揚のない声でポツリと言った。

「そんなの、僕も怒っている」

「魔女が怒ると根深い」

清和の凍りついた顔には、魔女に対する恐怖が込められていた。昨今、海千山千の猛者も魔女の前では青くなる。

「そんなの、しつこいバナナ攻撃でよく知っている」

猫脚のテーブルやワゴンもバナナ尽くしだ。よくよく見れば、大理石のカウンターにも台湾バナナとバナナスイーツが用意されている。パン籠《かご》にはバナナブレッドやバナナマフィン、バナナのクロワッサンやブリオッシュだ。

氷川が台湾バナナの皮で滑って頭を打ち、記憶喪失のふりをしたことを、未《いま》だに祐は根に持っている。香港《ホンコン》マフィアとの抗争を回避できたというのに。

「…………」

「バナナスープなんていらないのに」

氷川はバナナ風味のコーヒーやバナナ風味のシュガーに目眩《めまい》を覚える。

「…………」

「……うわっ、器が狸《たぬき》だ。これからはバナナと狸で攻めてくるのかな？」

白い流麗なワゴンには、狸が描かれた食器がセットで用意されていた。ミスマッチなんてものではない。察するに、特別注文の狸シリーズだ。どう考えても、この白い陶器にこの狸が描かれたものが一般に流通しているとは思えないから。

「…………」

「……うわ、こんなお洒落《しゃれ》なコーヒーカップの柄が狸なんて……」

氷川は恐る恐る狸が描かれたコーヒーカップに手を伸ばす。毒物などが仕込まれている感じはしないが。

……愛嬌《あいきょう》のある狸が毒気を放っているように思えてならない。

「…………」

「祐くんのことだからどこからも逃げられないとは思うけど……」

氷川は一縷《いちる》の望みをかけ、あちこちの部屋を見て回った。

予想通りというか、ベッドルームやパウダールーム、バスルームなど、どの部屋の窓も開かない。エレベーターや階段は柵の向こう側だ。

「……出られないっ」

籠の鳥にしようとしている、と氷川の背筋は凍りついた。祐がメンツをかけた監禁部屋ならば、奇跡が起きない限り、脱出することは不可能だ。前回は侵入した情報屋をきっかけに、魔女のメンツがかかった監禁部屋を脱出した。

「清和くん、どうしよう」

氷川は愛しい男に恐怖で縋《すが》りついた。

が、清和は平然としている。

「……え？　安心しているの？」

おかしい。

清和くんは閉じ込められて安心している、と氷川は愛しい男の深淵《しんえん》に気づいた。

「…………」

やっと無事に連れて帰った、と清和の切れ長の目は雄弁に語っていた。どうも、熱海《あたみ》の生活にしっくり馴染《なじ》んでいた氷川を案じていたようだ。

「閉じ込められて、安心しないで」

パンッ、と氷川は清和の逞《たくま》しい胸を叩《たた》いた。

「…………」

「清和くんはすぐに出してもらえるの？」

いくら祐でも、眞鍋組のトップを監禁したりはしないだろう。

「…………」

「まさか、まさかとは思うけど、僕はこのままなの？」

氷川が食い入るような目で見据えると、清和は無言で視線を逸《そ》らした。窓の向こう側には、慣れ親しんだ夜の街が広がっている。

「僕を籠の鳥にしたら、それこそ、僕は狸に化けて出るからね」

「………………」

「お父さん……じゃない、筑紫《つくし》会長の力も借りる」

氷川は親の顔どころか名前も知らない施設育ちだったが、旧子爵家の一人娘と資産家の息子の間に生まれた可能性が高い。祐の工作により、血縁関係は否定されたが、世界的に有名なアクア・筑紫の会長は氷川の実父か、叔父だ。

「……おい」

氷川が筑紫家当主の名を出した途端、清和の鋭い目はさらに鋭くなった。アクア・筑紫と眞鍋組では比べるまでもない。

「あのカチコチの石頭に介入されると困るでしょう。だから、僕を監禁するのはやめてね」

僕はお母さんみたいに耐えたりしない。

お母さんみたいに耐えてもいいことはひとつもない。

僕はお母さんみたいに籠の鳥にはならない。

いざとなったらどんな手を使っても征一《せいいち》さんに連絡を入れる。熱海に乗り込んできた征一さんなら僕のことをマークしているはずだ。

僕が籠の鳥になったら助けてくれるかもしれない、と氷川は絶大な権力を持つ筑紫家当主を瞼《まぶた》に浮かべた。頑固一徹ぶりにはほとほと参ったが、根底に流れているものは無償の愛だったのだ。

「……………」

清和の表情に感情は出ていないが、氷川には手に取るようにわかる。いつになく、屈強な男は疲弊していた。

「ずいぶん、疲れているみたいだね？」

スッ、と氷川は白い手で愛しい男の削《そ》げた頬《ほお》を撫《な》でる。

「……………」

「そんなに疲れたの？」

「……………」

「僕も疲れたけれど寂しい。熱海のみんな、好きだったから」

どんな苦労もあっけらかんと笑い飛ばしたベテラン芸妓《げいぎ》たちが好きだ。おしゃまな女児たちも大好きだ。氷川には大切な存在が熱海にできた。

「……………」

「清和くんだって女将《おかみ》さんも芸妓さんたちも女の子たちも気に入ったんでしょう」

酸いも甘いも嚙《か》み分《わ》けるベテラン芸妓たちや愛くるしい女児たちは、不夜城の覇者にいっさい怯《おび》えたりしなかった。天真爛漫《てんしんらんまん》な女児に懐かれ、清和は戸惑っていたが、嫌悪感は微塵も伝わってこなかった。

「…………」

「清和くんにはヒモが似合っていたのに」

「……よせ」

清和は苦虫を嚙《か》み潰《つぶ》したような顔でボソッと言った。

「ヒモはいやなの？」

「ああ」

「困った子」

ぐりぐりぐりぐりっ、と氷川は清和のシャープな頰を撫で繰り回した。十歳年下の幼《おさな》馴染《なじ》みが可愛《かわい》くてたまらない。

「……おい」

俺はもうガキじゃない、と清和の鋭敏な目が雄弁に語っている。青いベビー服に包まれていた男児はいつの間にか、屈強な極道を従える美丈夫に育っていた。

「……あ、そうだよね。清和くんは大きくなったんだよね。おむつもミルクも卒業したんだよね」

もう二度と、愛しい男は氷川の膝《ひざ》でアイスクリームを食べたりはしない。氷川は今さらながらに自分と清和の関係を思いだした。

夫婦になったんだ。

夫婦なんだ。

戸籍はそのままだけど新婚夫婦なんだ、と氷川は本来の新婚旅行に思いを馳《は》せた。まかり間違っても、芸妓とヒモではない。

「…………」

「わかっている。わかっているよ。新婚旅行だったんだよね。京都に行かずに熱海に行っちゃったんだ……とうとうお母さんの実家がある京都に行かずに帰ってきたんだ……っと、お母さんじゃなくて白妙《しろたえ》さん……」

旧子爵家令嬢の御園《みその》白妙。

その楚々《そそ》とした淑女の写真を見た瞬間、氷川自身、驚いた。あまりにも自分にそっくりだったから。

美しさが招いた不幸には胸を痛めた。

「…………」

「そうだね。京都はまたいつでも行ける」

清和くんと一緒に、と氷川は清和の唇に羽毛のようなキスを落とした。それだけで清和の周りの空気が変わる。

「……………」

年下の亭主が何を欲しがっているか、氷川には手に取るようにわかった。拒む気は毛頭ない。

ただ、クリスタルのシャンデリアが吊《つる》された豪華な部屋にも、どこかの図書室のように蔵書が収められた書斎にも、天蓋《てんがい》付きのベッドが置かれた寝室にも、隠しカメラが設置されていることは間違いない。

「どこかに隠しカメラがあるよね？」

氷川は壁に飾られた優しいタッチの油絵をじっと見つめた。十七世紀のドレスを身につけた西洋の女性に隠しカメラが仕掛けられていないか、と。

「気にするな」

「清和くんがいる時は切っているの？」

「ああ」

「新婚旅行じゃなくなっちゃった。千晶《ちあき》くんや女将さん、花香月《はなかづき》の内情を知ったら断れなかった」

ごめんね、と氷川は素直に詫《わ》びた。本来、不夜城の覇者には新婚旅行に出る時間はなかった。無理やり、旅立ったのだ。

「……ああ」

清和くんもふたりきりの新婚旅行を楽しみにしていたんだ、と氷川はなんとなくだが感じる。今になって罪悪感が込み上げてきた。

「清和くんはわかってくれるよね」

怒らないでね、と氷川は心の中で懇願する。

「………」

「清和くん？」

「………」

「熱海の話はもう終わりにしてほしいの？」

「………」

「ごめんね。じゃあ、新婚旅行の続きをしようか？」

氷川は清和の手を引くと、ベッドルームに進んだ。ラベンダーのアロマの香りが漂っている。

「……いいのか？」

清和に躊躇《ためら》いがちに聞かれ、氷川は長い睫毛《まつげ》に縁取られた目を揺らした。

「僕はいいけど、清和くんはとっても疲れているよね？」

いつになく疲れ果てているのは、ほかでもない清和だ。氷川は天蓋付きのベッドの前で戸惑う。

「……いや」

精神的に疲れただけ、と清和が心の中で零《こぼ》したような気がした。

新婚旅行中の新妻が狸とともに去ったら、どんな衝撃を受けるか。やっと見つけた新妻が人気芸妓になっていたら、どんな衝撃を受けるか。さらに子守まで押しつけられたら、どんな衝撃を受けるか。

清和の精神が保っていること自体、奇跡なのかもしれない。

「身体《からだ》が疲れているわけじゃないの？」

「ああ」

ドサッ。

氷川は清和の手を引いたまま、白いシーツの波間に沈んだ。熱海の花香月で寝た布団とはまったく違う寝心地だ。

「清和くん、僕が欲しかったらいいよ」

僕が欲しいんだよね、と氷川は煽《あお》るように清和のネクタイを引き抜いた。シャツのボタンも上から外す。

「……いいんだな？」

「うん、新婚旅行のやり直し」

カプッ、と氷川は清和の顎先《あごさき》を軽く嚙んだ。

「文句を言うな」

「あんまりいやらしいことをしなければいいよ」

下肢に手を伸ばせば、早くも清和の股間《こかん》は熱くなっている。ズボン越しでもはっきりわかった。

「……おい」

「新婚だから」

氷川は真っ白な頰をほんのり染め、清和のズボンのベルトを引き抜いた。ジッ、と勢いよくファスナーを下げる。

「…………」

「新婚だから、あんまりいやらしいことはしないで」

「…………」

「……元気だね」

むぎゅ、と氷川は清和の分身を握った。

「…………」

「僕でこんなになったんだよね？」

「ああ」

「いい子、いい子だね、いい子」

氷川は甘い声で歌うように囁《ささや》きつつ、清和の分身を指の腹で撫でた。無性に愛しくてたまらなくなる。

「……………」

「……あ、大きくなった、いい子だね」

氷川の手の中にいる清和の分身の硬度が増した。愛しい男の表情はまったく変わらないが、下半身はとても素直だ。

「……………」

「僕だけのいい子」

チュッチュッ、と氷川は清和の額や頬に音を立ててキスをしながら、固くなった分身を強く揉《も》み扱《しご》いた。

「……………」

ぬるり、としたものが清和の分身から滲《にじ》みでる。

「僕のいい子は可愛い。こんなに可愛い子はいない」

「……………」

「おいで」

「……いいんだな?」

清和に確かめるように言われ、氷川はコクリと頷《うなず》いた。

「……あ、脱がせて」

氷川は誘うように清和に向かって手を伸ばす。すでに胸元ははだけ、帯も緩んでいるが、辛《かろ》うじて白い肌は覆われている。

「怒るなよ」

シュルッ、と清和の手によって、氷川の腰にまとわりついていた帯がほどかれた。そのまま床に落とされる。着物に戸惑ったりせず、意外なくらい手際がいい。

「あんまりやらしいことをしなかったら怒らないよ」

なだらかな胸も下肢もすぐに晒《さら》され、氷川は白い頬を薔薇色《ばらいろ》に染めた。

「……おい」

「僕に怒られると悲しいの?」

氷川は愛しい男の首に手を絡ませた。

「ああ」

「僕は怒ってもバナナ攻めはしないから安心して」

氷川が艶然《えんぜん》と微笑《ほほえ》むと、清和は口元を緩めた。何せ、ベッドの脇《わき》の丸いテーブルには、バナナの酒がワイングラスとともに置かれている。魔女の執拗《しつよう》な意趣返しだ。

「僕の清和くん、おいで」

「いいんだな」

清和の分身は今にも頂点を極めそうなくらい膨張していた。平気なふりをしているが、辛《つら》いはずだ。

「うん、僕は清和くんのものだから」

「そうだ」

心なしか、清和の体温が上がった。周りの空気も変わったような気がする。

「うん」

「俺のものだ」

清和の鋭い双眸《そうぼう》に凄絶《せいぜつ》な怒気がこもる。最愛の女房が艶《なま》めかしい姿を晒しているのに。

「そうだよ」

いきなりどうしたの。

清和くんが怒っている。

僕を抱いているのに、と氷川は心の中で思い切り慌てた。それゆえ、愛しい男にぴったりと肌を密着させる。

「よくも芸者姿で客に侍《はべ》った」

年下の亭主の嫉妬《しっと》が爆発した。どうやら、今まで耐えに耐えていたわけではなく、嫉妬

する余裕もなかったのだ。

「怒っちゃ、いやだ」

氷川は宥《なだ》めるように下肢も清和に絡ませた。

それでも、愛しい男の怒気は鎮まらない。

「俺以外の男に……」

「清和くんが妬《や》くようなことは何もなかったから」

氷川自身、呆《あき》れるぐらい何もしなかった。客の隣にいるだけだったのだ。それで高い花代をもらった。けれど、独占欲の強い昇り龍の心は慰められない。今にもヒットマンに連絡を入れそうな勢いだ。

「許せない」

「僕は隣に座っていただけだよ」

「……よくも」

「本当に僕は座っていただけなんだ」

怒らないで、と氷川は艶《つや》っぽく下肢を清和に擦《こす》りつけた。煽るように、淫《みだ》らに蠢《うごめ》かす。

「俺のものなのに」

「そうだよ。僕は清和くんのものだよ」

「俺だけのものだ」

「怒っていないで、早く僕を清和くんのものにして。清和くんを感じさせて」

氷川が媚《こ》びるように甘えると、清和はとうとう我慢できなくなったらしい。

「二度と俺のそばを離れるな」

物凄《ものすご》い勢いで左右の足を大きく開かされ、氷川は首まで真っ赤にして悶《もだ》えた。

「……あっ」

「絶対に離さない」

「……せ、清和くん……」

氷川と清和、ふたりだけの狂おしい時間が始まる。熱海での時間が払拭《ふっしょく》されるような激しさに、ただただ氷川は翻弄《ほんろう》された。

湯河原《ゆがわら》でのことで責められる。

言葉ではなく身体で。

熱海のことで責められる。

言葉ではなく身体で。

激しいなんてものではない。

「……せ、清和くん……そんなに……」

決して辛い拷問ではない。

が、氷川にとっては拷問に等しい悦楽だ。

ふたりの身体はひとつになった。

どこからどこまで自分の身体なのか。どこからどこまで愛しい男の身体なのか。まったくわからない。

「……あ、あ、あ……清和くん？」

「自分が誰のものか思いだせ」

「……あ……あ……僕の可愛い……」

「自分が誰のものか言え」

「……あ…………」

すでに氷川の理性は飛んでいる。

同じように、清和の理性も飛んだようだ。それでも、最愛の姉さん女房の身体を傷つけないように自制している。

……自制したらしい。

ひとつになった身体がふたつにわかれた時、氷川は意識を手放した。愛しい男の温《ぬく》もりを感じながら。

3

きゅ～きゅるるるるる、と蛙《かえる》が鳴いている。

「……蛙？」

氷川《ひかわ》は蛙の鳴き声で意識を取り戻した。

……いや、蛙ではない。腕枕《うでまくら》をしてくれている愛《いと》しい男の腹部で、空腹を訴える音が鳴ったのだ。在りし日の頃のように。

「清和《せいわ》くんのお腹《なか》の音、久しぶりに聞いた」

「…………」

しまった、と清和が心の中で舌打ちをしているような気がした。

「本当に久しぶりだよね。ランドセルを背負っていた頃だよ」

「…………」

「清和くん、お腹が空いたの？」

氷川が嬉《うれ》しそうに頬《ほお》を綻《ほころ》ばせると、清和は素直に明かした。

「……ああ」

「任せて。諒《りょう》兄ちゃんが栄養満点のご飯を作ってあげるからね」

チュッ、と氷川は愛しい男の顎先《あごさき》にキスをしてから上体を起こした。その途端、秘部からドロリとしたものが溢《あふ》れる。

確かめるまでもなく、十歳年下の夫の落とし物だ。

昨夜のあられもない痴態を思いだし、氷川は顔を真っ赤にした。凄絶《せいぜつ》な羞恥心《しゅうちしん》が敏感な肌を走る。

「……せ、清和くん、新婚なのにあんな……あんないやらしい……」

氷川は下肢をもぞもぞさせつつ、年下の亭主を非難した。

「…………」

清和の鋭い目が何を言っているか、氷川には手に取るようにわかる。昨夜、行為前のやりとりを思いだした。

「これは正当な文句です」

ペチッ、と氷川は軽く清和の逞《たくま》しい胸を叩《たた》いた。

「…………」

「どうしよう、こんなんじゃ、僕は清和くんにご飯が作れない」

「構わない」

「駄目、清和くんのご飯は僕が作る。その前にシャワーを浴びるね」

チュッ、と氷川は清和の顎先にキスを落としてから、下肢に力を入れつつ、ベッドから下りた。

　氷川はキッチンに進み、低速ジューサーに喜んだが、籠《かご》に盛られている台湾バナナにはげんなりした。パントリーを覗《のぞ》いてみれば、バナナ製品一色だ。

「清和くん、冷蔵庫にバナナしかなかったらどうしよう」

「…………」

「いくら祐《たすく》くんでもそんな意地悪はしないよね？」

　バナナスープもバナナテリーヌもバナナサラダもバナナステーキもいやだ、と氷川は最悪のメニューを想像した。

「祐くんならありうる？」

「…………」

「冷蔵庫にバナナしかなかったら、外食させてもらおうね」

　バナナ攻めは脱出のチャンスかもしれない。甘い期待を抱きつつ、氷川は冷蔵庫をそっと開けた。

　ドンッ、とローストビーフの塊が陣取っている。生ハムやソーセージ、ハンバーグなどの肉加工品が目についた。バナナは見当たらない。

「ローストビーフ？　清和くんが好きそうだけど牛肉は……え？　魔女？」

魔女だ。

魔女の腸だ。

ローストビーフではなく、魔女の腸なのか、と氷川は真っ青な顔でローストビーフを取りだした。パッケージの火刑を連想させるシールには、おどろおどろしい書体で『魔女の腸』と印字されている。

氷川の思考回路が斜め上にカッ飛んだ瞬間。

「……信司《しんじ》が」

清和は低い声でポツリと言ってから、顰《しか》めっ面《つら》で『魔女の腸』という肉の塊を見つめた。

「信司くんが魔女の腸料理を作ったの？」

脳内に花畑が広がっているような信司ならば、魔女を調理しても不思議ではないのか。それより、魔女の調理は可能なのか。氷川の瞼《まぶた》に包丁を握る信司が浮かぶ。

「……魔女が」

「魔女？　魔女の腸をどこから入手したの？」

この世はすべて金で解決する、と豪語した患者を覚えている。明和《めいわ》病院に赴任した直後、担当した資産家だ。

　氷川の思考回路は空転したあと、物凄《ものすご》い速度で大気圏を突破する。

「………………」

「……ええ？　生ハムは『魔女の生爪《なまづめ》』でロールキャベツは『魔女の生き肝』だよ。信司くんは魔女をどうやって……」

『魔女の睾丸《こうがん》』という名のスコッチエッグや『魔女の脳みそ』という名のハンバーグなど、冷蔵庫は魔女シリーズの肉加工品で埋め尽くされている。

「……祐だ」

「……祐くん？　……祐くんといえば魔女、魔女といえば祐くん、祐くんは元気だったよ。祐くんで作ったローストビーフやハンバーグじゃないよね」

　これは祐くんの腸？

　氷川は恐る恐るローストビーフの塊を指で突いた。パッケージさえまともなら、魔女の腸には見えないだろう。

　氷川の思考回路はさらにおかしな方向にねじれ、ばら星雲に突き進む。

「落ち着け」

「……せ、清和くんも魔女料理に参加したの？」

「毎日サービスと信司のプロジェクト」

ヒラリ、と清和は『魔女の生き血』というソースと『魔女の角』という丸まった長いソーセージに挟まっていたチラシを見せた。魔女シリーズの商品説明だ。製造元は『白百合《しらゆり》への捧《ささ》げ物』とある。

「……あ、あ、あ、そういえば、便利屋さんの夏目《なつめ》くんと浩太郎《こうたろう》くんが捕まって、助けに行ったら清和くんが怖くって……けど、夏目くんお肉を切っていて……あ、あの時の？　あの時の生ハムとかハンバーグとか？　眞鍋《まなべ》で商品化するって本当だったの？」

「……信司が」

清和の渋面からなんとなくわかる。摩訶不思議《まかふしぎ》の冠《かぶ》を被る舎弟が、止めるのも聞かず、商品化を続行したのだろう。毎日サービスの夏目にしても、やけに張り切っていた。

「信司くんの暴走？」

「……祐が」

この部屋に魔女シリーズの商品があるのだから、眞鍋の魔女こと祐の意趣返しが大きいはずだ。

「祐くんのいやがらせだね？」

バナナ尽くしよりマシ、狸《たぬき》百匹よりマシ、と氷川は自分に言い聞かせた。毒物は混入されていないだろう。

「………………」

「ネーミングが悪すぎる。これじゃ売れる物も売れない」

原材料名を確認すれば、ローストビーフにしろハンバーグにしろ、松阪牛《まつさかうし》やゲランドの海塩など、最高級のものを使っている。何より、合成保存料などの添加物がいっさい使用されていない。自然食品売り場に並べられる商品だが、あまりにも商品名がひどすぎる。

「ああ」

「清和くん、止められなかったんだね」

氷川がズバリ指摘すると、清和は押し黙った。周りの空気がどんよりと異常なくらい重くなる。

「リキくんも止めなかったの？」

清和の右腕とも言うべき眞鍋の虎《とら》でも止められなかったのか。氷川は探るように清和を見つめた。

「…………」

「リキくんは無視したんだね」

我関せず、とリキは魔女シリーズ商品どころかプロジェクトそのものを無視したような気がする。

「…………」

「ほかにそれらしいものはないし、魔女シリーズを食べてみようか」

氷川がローストビーフを手に取ると、清和は珍しく驚愕《きょうがく》で下肢を揺らした。

「……食べるのか？」

「お魚を食べてほしいけど、お魚が見当たらないから」

どんっ、と氷川はまな板にローストビーフを載せた。見た限り、不審な点はなく美味《おい》しそうだ。

「………」

清和は全身で『魔女の腸』を拒絶している。……ような気がした。

「……え？　毒でも入っているの？」

信司くんや夏目くんなら変なものは混入しないけど、祐くんならわからない、と氷川の瞼に魔女シリーズを食べた後に眠り続ける自分が浮かんだ。これは魔女の罠《わな》か。けれども、眞鍋組で一番汚いシナリオを書く策士が、そんな見え透いた罠を張るとは思えない。

「……いや」

それはない、と清和の目は雄弁に告げている。

「どうして、そんなにびっくりしているの？」

「誰も食おうとはしなかった」

信司や便利屋の日枝《ひえ》夏目がどんなに勧めても、誰一人として試食しなかった。あのショウでさえ、と清和は心の中で語っている。

「どうして？」

氷川は怪訝《けげん》な顔で首を傾《かし》げた。

「…………」

「ショウくんなら真っ先に食べそうなのに」

氷川は大食漢の韋駄天《いだてん》を思いつつ、冷蔵庫の野菜室を覗いた。さすがに、野菜室までバナナと魔女シリーズで埋まってはいない。何種類もの有機野菜を取りだし、そのまま流水で洗う。台湾バナナの隣に低速ジューサーがあるから、酵素たっぷりのジュースを清和に飲ませることができる。

「…………」

「この新しいプロジェクトが成功したら、眞鍋にとってもプラスだと思う。眞鍋組の未来が眞鍋旅館でも眞鍋ホテルでも眞鍋商店でも、目玉商品になるよ。一般に流通させないで、熱海《あたみ》限定商品にして売りだすのも手だと思う」

底意地の悪い策士の思惑がどうであれ、正規の仕事が軌道に乗れば万々歳だ。氷川の夢は膨らむ。

「……おい」

「まず、味見だね。僕が毒味するから安心してね。僕が先に食べて大丈夫だったら……」

氷川の言葉を遮るように、清和は低い声で遮った。

「やめろ」

清和には、今にも魔女シリーズ商品を燃やし尽くしそうな勢いがあった。それほど、スマートな策士が恐ろしいのか。宇宙人に等しい舎弟が不気味なのか。どちらか、定かではない。

「どうして？」

「やめてくれ」

「お腹が空いたんでしょう」

「ああ」

「眞鍋ブランドの魔女商品がいやなら外食しよう」

外に出よう、外に、外、と氷川は心の中で思い切り力んだ。ビルの外に出たら、なんとかなるはずだ。

「届けさせる」

「デリバリー？」

「ああ」

デリバリーをこのフロアに運んでくるのが、ショウであれ宇治《うじ》であれ吾郎《ごろう》であれ、背後には魔女が佇《たたず》んでいるだろう。一気に食欲が失《う》せるかもしれない。

「……とりあえず、先に野菜ジュースを飲もうか」

氷川は今までと同じように、新鮮な有機野菜で野菜ジュースを作った。

「清和くん、飲んでね」

まず、清和に酵素たっぷりのジュースを飲ませる。行儀は悪いが、自分もキッチンに立ちながら野菜ジュースを飲んだ。

そうして、信司と夏目渾身《こんしん》の『魔女の腸』を包丁で切った。

「……うん、いいローストビーフだよ」

氷川は有機野菜でローストビーフサラダを作り、清和が着席したテーブルに置く。蒸した根菜とともにロールキャベツも並べた。バナナテイスト満載のパンが盛られたパン籠には躊躇《ためら》ったが、ほかにそれらしいものが見当たらない。

「清和くん、召し上がれ」

氷川は満面の笑みを浮かべ、椅子《いす》に腰を下ろした。

「……ああ」

「そういえば、こうやってふたりきりで食べるのは久しぶりだね」

氷川は明るい声で言ってから、ローストビーフサラダを口にした。

「……ああ」

「あれ？　意外なくらい『魔女の腸』が美味しいよ」

氷川はローストビーフのジューシーさに感嘆の声を上げた。今まで食べたローストビーフの中で一番美味しい。

「…………」

「素材がいいからかな？」

「…………」

「信司くんはこれだけ美味しくできたから、商品化が諦《あきら》められないのかも」

氷川が信司の心情を推測すると、清和の渋面がさらに渋くなった。返事を拒むように、ローストビーフを咀嚼《そしゃく》する。まるで毒の塊でも食べているような顔つきだ。

「ただ単に信司くんが変人だから諦められなかったの？」

「…………」

「あれ？　意外なくらい『魔女の生き肝』も美味しいよ。清和くんも食べてごらん」

氷川はロールキャベツに感激し、清和にも勧めた。

「商品名を変えれば売れるかもしれない」

眞鍋組の更生の道、と氷川は魔女シリーズ食品を前に力んだ。熱海で干物や温泉卵とともに売ればいい。

もっとも、清和の仏頂面はますますひどくなった。

それでも、不夜城の覇者は一言も反論したりはしない。最愛の姉さん女房がそばにいるからだろう。

「清和くん、熱海の復活に続こうね。『意外と眞鍋』だよ。祐くんは僕がどんな手を使っても抑え込むから」

「……………」

氷川が食後のコーヒーを淹《い》れても、清和の顰めっ面は続いた。周囲の空気もどんよりと重いままだ。

「清和くん、お世話になった方々にご挨拶《あいさつ》がしたい」

氷川は意志の強い目で言ってから、エクアドル産のコーヒーを飲んだ。バナナの香りはしない。

「……………」

「いつまでこの部屋に籠《こ》もるの？」

「……………」

「湯河原《ゆがわら》で買ったお土産はどうするの？」

「……………」

「僕と清和くん、ふたりで直接、届けたいな」

狸伝説の狸饅頭《まんじゅう》だから送るほどのものでもないしね、と氷川は大量に購入したリーズナブルな饅頭を脳裏に浮かべた。

「無用」

清和は狸が描かれたコーヒーカップを手にしたまま拒絶する。

「どうして？」

「…………」

「じゃあ、あのたくさん買い込んだ狸饅頭はどうするの？」

「…………」

「まさか、僕と清和くんのふたりで毎日、狸饅頭を食べるの？」

ふたりで一箱、平らげるのも難しいはずだ。選んだ自分が言うのもなんだが、ひとつふたつ食べたら充分な気がする。

「…………」

「清和くんはそんなに狸饅頭が好きだった？」

「…………」

「何か言って」

パンッ、と氷川は威嚇するようにテーブルを叩いた。その振動で狸柄のコーヒーカップが揺れる。

「…………」

「清和くん、僕の目を見なさい」

「…………」

清和の視線の先には狸のカップルの置物があった。不夜城の覇者としての覇気は微塵《みじん》もない。

「どうして、狸を見るの？」

「…………」

「僕より狸が好きなの？」

「…………」

「……うん、僕も今回の湯河原で狸が好きになった。お土産に狸饅頭を選んだことは正解だったと自負している」

狸伝説が描かれた狸饅頭で正しかった、と氷川は自画自賛した。今となっては熱海の干物や温泉卵付きの熱海プリンにも未練があるが。

「…………」

「清和くん、せっかく狸饅頭のお土産を買ったんだから、ちゃんとお世話になった人に渡さないと、たんたんたぬきに怒られるよ」

氷川が般若《はんにゃ》の如《ごと》き顔でいきり立った時、鈍い音を立てて柵《さく》が上がった。同時にエレベーターの扉が開く。

果たせるかな、魔女が立っていた。

「姐《あね》さんがそんなに狸を恐れているとは知りませんでした」

祐は艶然《えんぜん》と微笑《ほほえ》みながら近づいてくるが、背後に立つショウや宇治、吾郎はゾンビ兵のように固まっていた。

「祐くん、出してくれないと僕にも考えがある」

もちろん、氷川は魔女の登場に怯《おび》えたりはしない。綺麗《きれい》な目を吊《つ》り上《あ》げ、覚悟を示すように全身で力んだ。

「また狸と駆け落ちでもしますか？」

「狸を馬鹿《ばか》にしたら痛い目に遭うよ」

氷川はテーブルの端にあった狸のぬいぐるみを手に取った。いざとなれば狸の力を借りる、と。

「狸を馬鹿にした覚えはありません。姐さんがそこまで狸を愛しているならば、俺たちも従うまで」

「べつに狸のコスプレなんてしなくてもいいから」

氷川の瞼には狸に扮《ふん》した眞鍋組構成員が浮かんだ。それぞれ、本気で狸に化けている。

「狸ごっこは安部《あべ》さんに任せます」

「安部さんをいじめちゃ駄目だ」

「誰が一番、安部さんの寿命を縮めていると思っているんですか？」

「祐くんでしょう」

ここで負けたら終わりだ、と氷川は仁王立ちで宣言した。

「姐さんに猛省を促すどころか、事実を……」

祐の嫌みを遮るように、氷川はきつい声音でぴしゃりと言った。

「祐くん、僕は出る」

氷川は大股《おおまた》で祐の横をすり抜け、エレベーターに向かった。眞鍋の精鋭は木偶《でく》の坊《ぼう》のように立ったままだ。

「実は典子《のりこ》姐さんから呼びだしです」

祐は溜《た》め息《いき》混じりに、清和の養母《はは》の名を口にした。

眞鍋組の顧問である橘高正宗《きったかまさむね》の妻は、清和のみならず構成員たちの母親に等しい。底の知れない策士に意見できる数少ない女傑だ。氷川も実の母親のように慕っている。

「典子さんが？」

「説明は車の中でします」

祐に促され、氷川はエレベーターに乗り込んだ。当然のように、清和も憮然《ぶぜん》とした面持ちで続く。

さしあたって、監禁は免れた。

氷川がほっと胸を撫《な》で下《お》ろしたのは言うまでもない。

ショウがハンドルを握る銀のメルセデス・ベンツの中、祐は隣で淡々と説明した。

「……え？　シンガポール？」

祐の口から東南アジア最大の国際都市の名が飛びだし、氷川は長い睫毛《まつげ》に縁取られた目を大きく揺らした。

「はい、橘高顧問と典子姐さんには義理事でシンガポールに飛んでもらわなければなりません」

「裕也《ゆうや》くんは？」

かつて眞鍋組顧問の橘高正宗が若頭だった頃、妻の典子とともに不夜城で暮らしていた。今の清和と氷川と同じように。

けれど、幼い清和を引き取ることになり、橘高夫妻は不夜城から瀟洒《しょうしゃ》な住宅街に引っ越したのだ。

橘高家で清和は無償の愛に包まれ、大事に育てられた。

今現在、橘高夫妻はリキを庇《かば》って死んだ構成員の忘れ形見の裕也を育てている。裕也の母親の惨《むご》い死に関し、眞鍋組の二代目姐として遇されている氷川は関《かか》わっていた。今でも思いだすだけで胸が痛む。

氷川にとって裕也は大事な子供だ。

「裕也くんの世話は典子姐さんがシンガポールから帰ってくるまでお願いします」

やんちゃ坊主の世話のため、監禁部屋から解放されたのだと、氷川は瞬時に理解した。

「……ああ、そういうことか」

「俺は二代目の代理として香港《ホンコン》に発《た》たねばなりません」

「祐くんが香港？　まさか、戦争？」

香港といえば香港マフィアの楊《よう》一族、と氷川の背筋に冷たいものが走った。記憶喪失を装ってまで抗争を止めたかったマフィアだ。

「単なる義理事ですから変な妄想をしないでください」

祐に大きな溜め息をつかれ、氷川は瞬きを繰り返した。

「変な妄想？」

「はい、単なる義理事です。本当は二代目に香港に渡ってほしいのですが、新妻をおいていかせるのは忍びなく……」

祐は義理事だと言っているが、氷川には交渉を兼ねた義理事のように感じられた。それも祐が腐心した香港マフィアの楊一族絡みの。

「……それ、清和くんじゃ、役に立たないから祐くんが行くんでしょう」

氷川の容赦がない指摘に、祐は端麗な美貌《びぼう》を陰らせた。言わずもがな、車内にいる昇り龍の舎弟たちから低い呻《うめ》き声が漏れる。

「麗しすぎる姐さんと再会する前の二代目の評価は高かった。ご存じありませんか？」

祐の声音は柔らかだが、車内は凍りついた。清和は魂のない置物のように、無言で氷川の隣に座っている。

「……それ、僕に対する嫌みだね」

僕が清和くんを無能にしたとでも言うの、と氷川は心の中で異議を唱えた。やつあたりのように、清和の手を軽く抓《つね》る。

「嫌みではなく事実です」

「事実？」

「はい、明らかな事実です。どこからどう検証されても結果は変わりません」

「僕と再会してから清和くんは無能になったの？　僕と再会する前なら雀《すずめ》のチュンちゃんを捕獲できた？」

清和は旅館内を飛び回る雀を捕まえられなかった。雀相手に拳銃《けんじゅう》を取りだしたから慌てたものだ。

「雀の話は熱海で終わりにしましょう」

「熱海の復活に眞鍋も続きたい。これから眞鍋は『意外と眞鍋』を目指していこう。魔女

シリーズは商品名を変えたらヒット商品になると思うよ。魔女シリーズじゃなくて狸シリーズにするのはどう？」

魔女より狸のほうがまだ愛嬌《あいきょう》があるだけいい。

「姐さん、熱海ではなく橘高家です」

祐が強引に話を終わらせようとしたが、氷川にも熱海の話より差し迫った問題がある。ほかでもない、目の中に入れても痛くない裕也のことだ。

「……じゃ、祐くん、僕の息子に手を出さないでね」

こともあろうに、可愛《かわい》い裕也は魔女がお気に入りだ。何をどのように言っても、裕也の気持ちは変わらない。

「姐さんの息子？　二代目の息子になりますね？」

「裕也くんを毒牙《どくが》にかけたら許さない」

祐は巧妙に無邪気な子供を利用している。まったくもって、許しがたい。

「この俺が子供に何をするのですか」

「裕也くんをその気にさせないで」

自分が十歳年下の幼馴染《おさななじ》みに愛されたから、氷川は気が気ではない。再会した時、雄々しく成長した美丈夫《びじょうふ》に、押し倒されるとは夢にも思っていなかった。

「その気とは？」

「裕也くんと結婚の約束なんてしたら許さないよ」

氷川には一人息子の結婚に反対する母親の気持ちが痛いぐらいわかる。よりによってどうして、と。

「二代目が裕也くんのような年頃の頃、姐さんと二代目は結婚の約束をされましたか？」

「するわけないでしょう」

「俺は一度も裕也くんにそれらしいことを言った記憶がありません」

「じゃあ、どうして裕也くんはあんなに魔女に夢中なの？」

氷川はすべての苛立《いらだ》ちを左隣の魔女ではなく、右隣の清和にぶつけた。その大きな手を力任せに握る。ぎゅっ、と。

「俺も不思議です」

「裕也くんに毒林檎《りんご》でも食べさせたの？」

「毒林檎？　裕也くんは白雪姫ですか？」

「……っと、そうだね。裕也くんは白雪姫じゃないけど祐くんは魔女だから……美味しいチョコレートで釣ったんだよね……とりあえず、裕也くんに会わないで」

車から出ずに帰って、と氷川は暗に匂《にお》わせた。可愛い息子が魔女にキスするシーンなど、二度と見たくはない。

「姐さん、新妻より新妻を虐待する姑《しゅうとめ》が似合いますね」

祐がにっこりと微笑んだ時、氷川を乗せた車は橘高家に到着した。助手席に座っていた宇治が、氷川のために後部座席のドアを開ける。

「ありがとう」

氷川が礼を言いながら降りると、玄関のドアが勢いよく開く。すかさず、典子の甲高い声が響いてきた。

「裕也くん、来夢《らいむ》くん、どこに行くんだいーっ？」

ダダダダダダダッ。

小さなレッドマンと小さなブルーマンが突進してきた。……いや、レッドマンのコスプレをした裕也とブルーマンのコスプレをした男児だ。

「地球の平和を守ってくるのーっ」

裕也は元気よく応《こた》え、氷川の隣を物凄い勢いで通り過ぎた。ブルーマンのコスプレをした男児にしてもそうだ。

一陣の風が通り過ぎた。

「……ゆ、裕也くん？　お母さん、って普段はあんなに懐いてくれているのに……僕をチラリとも見なかった……」

氷川が呆然《ぼうぜん》と呟《つぶや》くや否や、典子の金切り声が響き渡った。

「誰かと思ったら嫁かい。ぼやっと突っ立っていないで裕也くんと来夢くんを捕まえておくれーっ」

典子が喪服姿で赤ん坊を抱きながら叫ぶと、背後からレッドマンとブルーマンの宿敵がのっしのっしと現れた。……否、眞鍋組の大黒柱こと橘高がコスプレ衣装を脱ぎながら現れた。

「裕也と来夢はこっちに悪の帝王がいるのになんで外に出るんだ？」

橘高がポツリと零《こぼ》した一言で、何があったのか、氷川にはなんとなくわかる。やんちゃ坊主とはそういうものだ。

「ショウくん、宇治くん、追って」

氷川が叫ぶ前に、ショウと宇治はスタートダッシュ。

「裕也、待ちやがれ。地球の平和を守るより、眞鍋の平和を守りやがれーっ」

「来夢、走るなら前を見て走れ。壁にぶつかるーっ」

あっという間に、やんちゃ坊主を追いかける元やんちゃ坊主は見えなくなる。これらは一瞬の出来事だ。

微妙な沈黙が走る。

もっとも、典子がすぐに静寂を破った。

「嫁、遅かったじゃないかい」

典子は赤ん坊を抱いたまま意味深に笑った。母の無償の愛がひしひしと伝わってくる。

「典子さん、どうされました？」

氷川はメルセデス・ベンツから降りた清和とともに典子に近づく。予《あらかじ》め、言い含めていた通り、清和の手にはお土産の狸饅頭があった。監禁部屋に用意されていたバナナのチョコレートも。

「どうしたもこうしたもないよ。裕也くんの保育園仲間の来夢くんと十夢《とむ》くんを預かることになったんだけど、これがまぁ、大変でね。そのうえ、オヤジがバナナと狸で寝込みやがってね……あ、この子が十夢くんだ」

頼んだよ、と典子にまんまるの赤ん坊を差しだされ、氷川は満面の笑みを浮かべて抱き締めた。

「十夢くん、初めまして」

「ばぶばぶばぶばぶぶぶぶっぱぶっぱぶっぱぶーっ」

十夢は無邪気な笑顔で手足を激しくバタバタさせた。熱海で女児ばかり接したからか、十夢の動作がやけに激しく感じる。

「……あ、やっぱり男の子だな。激しい。重い」

ペチペチペチペチッ、と十夢の小さな手に頬を叩かれる。氷川の白い頬にはなんの跡も残らないが。

「嫁、ぼんやりしている間はないのよ。私はオヤジとすぐに発つわ。後は頼んだわよ」

氷川が返事をする前に、橋高がなんとも形容しがたい哀愁を漂わせて言った。

「姐さん、ボンを頼む」

「はい。僕にどこまでお世話できるかわかりませんが、任せてください。おむつが外れていないのは十夢くんだけですね。来夢くんのおむつは外れていますね？」

「姐さん、そっちのボンじゃない。こっちのボンだ」

橋高が顎をしゃくった先には、不夜城の覇者が立っている。確かに、橋高にとって『ボン』は清和だ。

「はい」

「姐さんが狸に化け、芸者になってまでも、ボンから逃げたがっていると聞いたが……」

凄絶な修羅場を潜《くぐ》り抜《ぬ》けた漢の中の漢から、なんとも形容しがたい悲哀が発散される。

背中に十字架が見えた。

「それは真っ赤な嘘《うそ》です」

氷川が真顔で否定すると、橋高は安堵《あんど》の息を漏らした。背中に背負っていた重い十字架を下ろしたような気がする。

「俺もおかしいとは思っていたが、芸者姿の姐さんの写真が送られてきて……それがまぁ、天女みたいで……」

「どうせ、祐くんが変なことを言ったんでしょう」

よくも、と氷川は銀のメルセデス・ベンツから出てこない祐を睨《にら》んだ。もっとも、祐は後部座席から助手席に移動している。座席のドアの前では、吾郎が直立不動で立っていた。察するに、だいぶ緊張している。

「そうだな。姐さんが狸と逃げたり、芸者になったりしないな。若い奴《やつ》らの情報網が狂っているんだな」

橘高が自分で自分に言い聞かせるように言った時、ショウと宇治に捕獲されたやんちゃ坊主が帰ってきた。何があったのか不明だが、ショウと裕也はどちらも水浸しだ。

「……あ、狸聖人にさらわれたお母さんだ」

裕也はショウに拘束されつつ、手足を大きくバタバタさせた。愛しい母親に対する情愛が迸《ほとばし》る。

「裕也くん、僕は狸聖人にさらわれたって聞いたの？」

どうして、いたいけな子供にそんなことが届いている。氷川は思いきり困惑したが、全精力を傾けて笑顔をキープする。

「狸聖人にさらわれて、狸の女王になった、って聞いた。清和兄ちゃんやショウ兄ちゃんも狸聖人に負けたって聞いた。よかった。帰ってきてくれたんだ〜っ」

裕也はショウの腕の中から飛び出ると、スリスリッ、と甘えるように氷川の足下に頬を擦り寄せた。さすがに赤ん坊を抱いている氷川に抱きついたりはしない。

「裕也くん、狸は忘れようね」

「お母さん、清和兄ちゃんをいじめたの？」

裕也につぶらな目で問われ、氷川は平静を胸に答えた。

「いじめていません」

「ショウ兄ちゃんも宇治兄ちゃんも泣いたって聞いたよ」

裕也の言葉に呼応するように、ショウと宇治が真顔でコクリと頷《うなず》いた。言わずもがな、氷川は横目で制す。

ひっ、と元やんちゃ坊主コンビは低い悲鳴を漏らした。

「ショウ兄ちゃんも宇治兄ちゃんも泣かせたりしていません。裕也くんはいい子にしていた？」

氷川は聖母マリアの如き微笑で愛し子を包み込んだ。

「いい子にしていたよ。お土産は？」

「買ってきたよ」

氷川は赤ん坊を抱いた体勢で、清和に視線を流した。

「裕也」

清和が狸饅頭とバナナチョコレートが詰まった紙袋を差しだす。裕也は嬉しそうに飛びついた。

「やったーっ。来夢くん、お土産だーっ」

裕也は保育園仲間の来夢にもスイーツが詰まった紙袋を見せる。

「うん、やったね。裕也くん」

「……あ、お母さん、義兄弟の契りを結んだ来夢くんだ」

裕也は目をキラキラさせて保育園仲間を紹介した。……紹介したのだが、そのセリフに違和感を覚えた。

「……え？　義兄弟の契りを結んだ？」

裕也と来夢は誇らしそうにガシッ、と肩を組み合う。ふたりの仲がいいのは尋ねなくてもわかる。

「裕也くんが三ヵ月年上だから、裕也くんが兄貴で僕が弟分なんだ。安部のおじちゃんの立ち会いで兄弟盃《さかずき》を交わしたの」

来夢が目をらんらんと輝かせて説明したが、氷川の白い頬はヒクヒクと引《ひ》き攣《つ》った。

「裕也くん、来夢くん、縁起でもないことはやめようね。普通のお友達にしておきなさい」

「……じゃ、僕と来夢くんと十夢くんでファミリーになったの。血の結束は固いんだよ」

裕也が無邪気な笑顔で言うと、来夢は同意するようにコクリと頷いた。どこまで理解しているのか、怖くて確かめられない。

「ファミリー？　どこのマフィア？」

氷川が母親の顔で狼狽《ろうばい》していると、典子が手を振りながら声高に言った。

「裕也くん、来夢くん、十夢くん、お祖母《ばあ》ちゃんとお祖父《じい》ちゃんはお仕事に行ってくるよ。お母さんの言いつけを守って、いい子にしていてね」

予め納得するまで説明していたのか、裕也はだだをこねなかった。

「お祖母ちゃん、お祖父ちゃん、お土産ねーっ」

「お祖母ちゃん、お祖父ちゃん、早く帰ってきてねーっ」

「ばあば、じいじ、ばぶーっ」

やんちゃ坊主コンビと赤ん坊はそれぞれ、真っ赤な顔で典子と橘高に手を振った。典子と橘高も手を振りながら、銀のメルセデス・ベンツに乗り込む。吾郎が後部座席のドアを閉め、運転席に回った。

その瞬間、裕也は助手席にいる祐に気づいた。

「……あ、僕のお嫁さんだ」

ダッ、と裕也が駆けだす。

駄目、と氷川が叫ぶ前にショウが羽交い締めにした。

「裕也くんのお嫁さんじゃないよ」

早く出ろーっ、と氷川は心の中で運転手の吾郎に叫ぶ。果たせるかな、届いたのか、吾郎はゾンビのような顔ですぐに発車させた。

「僕のお嫁さん、僕のお嫁さんが行っちゃうーっ」

裕也は真っ赤な顔でジタバタしたが、ショウは決して手を緩めない。氷川の無言のプレッシャーをひしひしと感じているからだ。

「裕也くんのお嫁さんは違う子だよ」

氷川は再び聖母マリアの微笑を意識して、裕也を諭そうとした。何せ、在りし日の清和と裕也が重なる。

「魔女がいいの」

「魔女は怖いよ。やめようよ」

「じゃあ、お母さんは僕のお嫁さんになってくれる？」

裕也に拗《す》ねたような目で見上げられ、氷川は頷きそうになったが、すんでのところで思い留まる。子供相手とは言え、こういうことで嘘はつかない。何より、愛しい男がいる。

「ごめんね。お母さんは清和お兄ちゃんのお嫁さんなんだ」

「お祖母ちゃんはお祖父ちゃんのお嫁さんだから、僕のお嫁さんにできないんだ」

裕也がお嫁さんにしたい相手はすでに既婚者だ。実母の教育か、典子の教育か、既婚者を嫁にしようとはしない。

「保育園にいるよ」

「僕は魔女がいいの」

「どうして？」

　どこがいいの、と氷川は心の中でいきり立った。秀麗な美貌と優秀な頭脳は認めるが、性格がひどすぎる。

「魔女だから」

「……ど、どうして？」

　白百合の如き二代目姐と天真爛漫《てんしんらんまん》な男児の間で、戦いの火蓋《ひぶた》が切って落とされた。どちらも自分の意見を曲げたりはしない。清和にしろショウにしろ宇治にしろ、眞鍋の男たちは一言たりとも口を挟もうとはしない。

「ショウ兄ちゃんが魔女もお母さんも一緒だって」

「……ショウくんはそんなことを言ったの？」

　氷川は横目でショウを睨みつけた。

　だが、ショウはゾンビのような顔で青い空を見上げている。どこからともなく、雀の鳴き声が聞こえてきた。

「宇治兄ちゃんも吾郎兄ちゃんも言ったよ」

「宇治くんや吾郎くんもそんなことを言ったの」

　氷川は横目で宇治も睨みつけた。

だが、宇治は逃げるように清和の陰に立っていた。縋《すが》るように、来夢を抱える。

「僕と魔女は違う。同じだと思わないでね」

「同じ、ってお祖母ちゃんも言ってたよ」

「典子さんまで？　お祖母ちゃんまでそんなことを言っていたの？」

果てしなく、続くかと思った言い合いだが、呆気《あっけ》なく幕は下りた。なんてことはない、裕也のいきなりの一言だ。

「お母さん、お腹が空いた」

一瞬にして、裕也の頭の中から魔女が消えた。

このチャンスを逃してはならない。

「そうだね。こんなところで言い合っている場合じゃないね。中に入ろうか」

「チョコ、食べる」

「チョコの前に着替えようか」

氷川は今さらながらに水浸しの裕也に気づき、慌てた。いくら真夏のような天気でも、濡《ぬ》れたままでいいわけがない。

ショウと裕也は風呂《ふろ》場でいったい何をやっているのだろう。凄《すさ》まじい雄叫《おたけ》びや耳障りな音が響いてくる。

「清和くん、十夢くんをだっこしていて」

赤ん坊を抱いたまま、調理はできない。氷川はまん丸とした赤ん坊を清和に向かって差しだした。

「ばぶっ」

十夢は清和に挨拶らしき雄叫びを上げる。

けれども、清和は命のないブロンズ像のように固まっているだけだ。決して手を伸ばそうとはしない。

「…………」

「ばぶっ、くしゅんっ」

十夢は清和の顔面に向かってくしゃみをした。

それでも、不夜城の覇者は硬直したままだ。

「清和くん、熱海で苺《いちご》ちゃんをおんぶしたでしょう。同じぐらいだよ。男の子だから苺ちゃんより重いし、元気だけど……」

「……宇治」

氷川は赤ん坊を清和に抱かせようとしたが、青い顔で拒絶された。仕方なく、眞鍋組の二代目組長より青ざめた精鋭に十夢を託す。

「宇治くん、落とさないでね」

宇治は震える手で赤ん坊を受け取った。

「……は、はい」

「熱海の女の子たちと同じように思わないでほしい。赤ん坊でも男の子はやっぱり腕白だ。注意して」

十夢は手足の振り方も、熱海の女児たちとはまるで違った。座り方や倒れ方も遥《はる》かに乱暴だ。

「……は、はい」

「僕はこれからご飯を作るから」

氷川は十夢にも言い聞かせるように優しく囁《ささや》いたが、バタバタバタバタッ、と手足を激しくバタつかせ、首を小刻みに振る。

今にも宇治が黄泉《よみ》の国に旅立ちそうだ。

「……あ、姐さん、十夢が暴れます」

「だから、赤ん坊は暴れるものです」

「……う、うわっ。そんなところを摑《つか》むな。二代目っ」

宇治は鼻を摑まれ、眞鍋組の金看板を背負う男に助けを求めた。

「宇治、来るな」

「二代目、赤ん坊が飛びますっ」

「飛ばせるな」

氷川は宇治と清和の声を無視し、キッチンに立った。裕也とショウが風呂から上がる前に準備しなければならない。

「裕也くんのお母さん、僕もお手伝いする」

「来夢くん、ありがとう。いい子だね」

氷川は来夢にべったりと纏《まと》わりつかれた。キッチンで料理を作っていても、足下から離れようとはしない。

「お母さんだ。綺麗だ。みんなが言っていたように、裕也くんのお母さんが一番綺麗だ。僕もお母さんの結婚式で大きなケーキを食べたかったな」

「来夢くん、結婚式のお話を聞いたの？」

氷川は冷蔵庫からヨーグルトサラダやハンバーグのタネを取りだした。典子が作ってくれているから楽だ。

「うん、僕はその頃、水疱瘡《みずぼうそう》になっていたの」

「そうか」

「お母さんはどうして清和お兄ちゃんと結婚したの？」

来夢の素朴な質問に、氷川も簡潔に答えた。

「清和お兄ちゃんが好きだから」

「僕のお母さんはどうしてスーパーに行ったまま、帰ってこないの？」

来夢に不思議そうに問われ、氷川はコンロの前で滑りそうになったが、すんでのところで踏み留まる。

「う〜ん、お母さんにはお母さんの事情があるのかな。お父さんに聞いてごらん」

氷川は優しい声音で言ってから、コンロのスイッチを入れた。典子が作ってくれた野菜スープを温めるのだ。

「十夢のお母さんはどうしてゴミを捨てに行ったまま、帰ってこないの？」

どうやら、来夢と十夢の母親は違うらしい。

「お父さんに聞こうか」

「お父さんはどうして毎日、新しいお母さんを連れてくるの？」

父親が毎日のように連れてくる女性に不満があるのか、恐ろしいのか、来夢は氷川のエプロンの端を摑んだ。

ギュッ、と。

何かを訴えるかのように。

「来夢くんと十夢くんのお母さんが帰ってこない理由がわかった。困ったお父さんだね」

「お父さん、裕也くんのお祖父ちゃんと清和お兄ちゃんが好きだって」

来夢くんと十夢くんのお父さんもヤクザなのかな、と氷川は推測した。裕也が通う保育園はいろいろとわけありの保護者を持つ園児が多い。氷川はテーブルについた清和に視線を流したが、なんの反応もなかった。十夢を怖々と抱いている宇治にしてもそうだ。

「……ああ、そうなのか」

「ショウお兄ちゃんも宇治お兄ちゃんも好きだけど、京介《きょうすけ》お兄ちゃんは怖い、ってぶるぶるしてた」

来夢の口から想定外の名が飛びだし、氷川は目を瞠《みは》った。話の流れから察するに、ショウと幼馴染みで元暴走族仲間の京介だろう。幾度となくメディアでも取り上げられているカリスマホストだ。

「来夢くんのお父さんは、ショウくんや宇治くんだけじゃなくて、京介くんも知っているのか」

「いつ、ショウお兄ちゃんと京介お兄ちゃんは結婚式するの？」

来夢に真面目《まじめ》な顔で聞かれ、氷川は仰《の》け反《ぞ》ってしまった。

「……え？　ショウくんと京介くんの結婚式？」

氷川が目を丸くしていると、宇治が青い顔で口を挟んだ。

「来夢、それは二度と言うな」

「宇治お兄ちゃん、どうして？」

来夢が怪訝な顔で聞くと、宇治の顔はさらに青くなった。もはや、死人に近い。抱いている赤ん坊の血色がいいからやけに目立つ。

「それが京介の耳に入ったら、来夢のオヤジは京介に殺される」

「なんで？」

「京介とショウは結婚しないから」

「なんで？」

「男同士だから」

「裕也くんのお母さんと清和お兄ちゃんは男同士だよ。くーちゃんとうーくんのパパとママはどっちも男だよ」

来夢にとって男同士の夫婦は珍しくもなんともない。保育園には男同士の夫婦や女同士の夫婦の子供が通っていた。

「……ん、オヤジの命が惜しければ、ショウと京介の結婚式の話はするな。俺が言えるのはそれだけだ」

「宇治お兄ちゃんはジュリアスのオーナーと結婚するの？」

来夢は眞鍋組と何かと縁のあるホストクラブ・ジュリアスのオーナーまで知っていた。ホストクラブの歴史を担ってきたと言っても過言ではない名店中の名店の創立者だ。

「来夢、そんなことまで知っているのか……って、オヤジはそんなことまでガキの前で話しているのかよ」

俺とジュリアスのオーナーの結婚はない、と宇治はこれ以上ないというくらい真摯《しんし》な目で宣言した。

しかし、来夢には届かなかった。

「宇治お兄ちゃんとオーナーの結婚式には僕も出たいの。もう水疱瘡はしないから」

来夢は目をキラキラさせ、宇治に結婚式への招待をせがむ。

「来夢、それは絶対にオーナーの前で言うな」

「どうして？」

「オーナーがはしゃいで本当に結婚式の準備をする」

宇治が悲愴《ひそう》感を漂わせた時、風呂場から凄まじい音が聞こえてきた。ガラガラガラガラガッシャーン、と。

ダダダダダダダッ、と廊下を走る音。

「裕也、待ちやがれっ」

「お母さんが狸聖人と戦っている。僕はお母さんを助けに行くっ」

「狸は熱海に置いてきたーっ」

「お母さんーっ」

裕也はすっぽんぽんのまま、物凄い勢いでキッチンに飛び込んだ。

が、目当ての母の無事を確認しても止まれない。

ガツンッ。

裕也は料理が並んだテーブルの脚に凄まじい勢いでぶつかった。咄嗟《とっさ》にテーブルクロスを掴む。ズリッ、と。

ガラガラガラ、ガラガラガラガラガラガッシャーン。

無残にも典子の手料理が床に落ちた。

「……ゆ、裕也くん?」

テーブルの下、裕也はテーブルクロスを掴んだまま、きょとんとしている。頭からヨーグルトサラダを被ったのだから無理もない。

「……お母さん、助けに来たよ」

自分を取り戻したらしく、裕也は堂々と胸を張って言った。ポトン、と頭からブルーベリーが落ちる。

「……あ」

氷川は呆然と立《た》ち竦《すく》む。

「お母さんは僕が守ってあげるからね」

怒っちゃ駄目。

怒っては駄目だ。

これが裕也くんの優しさなんだ、と氷川は心の中で嚙《か》み締《し》める。たとえ、頬にヨーグルトサラダのキウイが飛んでも、キウイパックと思えばいい。来夢や十夢に被害がなければそれでいい。

「……あ、あ、あ、あ、ありがとう。僕は大丈夫だからね」

「お母さん、お腹が空いた」

ぎゅ～きゅるるるる、と裕也のお腹で餌《えさ》のいらない蛙が鳴いた。つき合いよろしく、来夢のお腹も鳴る。

「ご飯の前にもう一度、お風呂かな」

「モグモグする」

裕也は床に落ちたハンバーグを拾って食べようとした。

間一髪、氷川は裕也の手を止める。

「ばっちいから駄目っ」

やんちゃ坊主は止められたが、元やんちゃ坊主の手は止められなかった。いつの間にか、眞鍋が誇る特攻隊長がキッチンにいたのだ。それも全裸で。

「姐さん、地面じゃねぇからどうってことねぇっス」

ショウは床に落ちているハンバーグを拾った。おまけに、食べた。……いや、氷川が鬼のような顔で止めた。

「ショウくん、裕也くんが真似《まね》するからやめて」

氷川が咎《とが》めている間に、裕也と来夢は落ちているハンバーグに手を伸ばす。まったく一時たりとも目が離せない。

「お母さん、お腹が空いたの」

「どんなにお腹が空いても、床に落ちた物を拾って食べてはいけませんーっ」

氷川の甲高い声がキッチンに響き渡った。

それでも、依然として、ショウは納得していないし、裕也や来夢は理解していない。

宇治は手足をバタバタさせる赤ん坊を抱くのに精一杯だし、清和にいたってはブロンズ像と化している。

「ショウくん、裕也くんと一緒にもう一度、お風呂」

氷川は断固たる意志と迫力で、大きなやんちゃ坊主と小さなやんちゃ坊主を風呂場に押し返した。


やっと。

やっと無事に。

典子が仕込んでくれたハンバーグを、やんちゃ坊主たちに食べさせることができた。それ自体が奇跡のような気がしてならない。食後、湯河原温泉土産の狸饅頭とバナナチョコレートは、裕也や来夢の胃に入った。

やんちゃ坊主がいる家庭に優雅なコーヒーブレイクはない。

「清和兄ちゃん、レッドマンキックっ」

もはや、氷川は裕也が清和に必殺技を繰りだしても止めたりはしない。たとえ、裕也の食べかけの狸饅頭が辺りに散らばっても。

「ショウお兄ちゃん、ブルーマンキックっ」

もはや、氷川は来夢がショウに必殺技を繰りだしても止めたりはしない。たとえ、来夢の食べかけの狸饅頭が清和の後頭部を直撃しても。

「にいに、ばぶっ、ばぶばぶばぶばぶっぱぶばぶぶぶぶっぱぶっぱぶーっ」

もはや、氷川は十夢が宇治の頬に往復ビンタを食らわせても止めたりはしない。

「とりあえず、裕也くんと来夢くんと十夢くんが無事ならいい」

女の子のお転婆はたかがしれている、という説を氷川は痛感する。早くも、氷川の中で何かのネジが盛大に緩んでいた。何しろ、やんちゃ坊主が揃《そろ》ったら半端ではない。

「清和兄ちゃん、お母さんが悪い奴らに攫《さら》われたらどうする？」

裕也はチェストによじ登ったかと思うと飛び降りた。着地成功。レッドマンの決めのポーズを取る。

「取り戻す」

清和の言葉に躊躇いはない。

「よしっ、僕が清和兄ちゃんを特訓してやる。レッドマンパンチだーっ」

裕也は物凄い勢いで、不夜城の覇者に渾身の一発を繰りだす。

だが、難なく躱《かわ》されてしまう。

「裕也、ターゲットをよく見ろ」

「えいっ、もう一度、レッドマンパンチーっ」

「狙《ねら》いを定めないとターゲットに当たらないぞ」

清和くん、子供に何を教えているの、と氷川は口を挟む気にもなれなかった。この間にしなければならないことがあるのだ。

キッチンを片づけ、廊下に点在している洗濯物を拾って洗濯する。階段に紙おむつが落ちていても、ベランダに子供用の靴下が入った中華鍋《なべ》が転がっていても驚かない。典子の奮闘ぶりが窺《うかが》える。

ただ、床の間の花瓶の裏側に熱海芸妓《げいぎ》の朧月《おぼろづき》の写真を見つけた時、氷川の全身が震えた。

「……ど、どうしてこんなところにこんな写真が……それもサービス判にプリントされて……どうせこういうことをするのは祐くんでしょう……」

没収、と氷川は芸妓姿の写真をズボンのポケットに入れた。念のために床の間の掛け軸の裏も探る。掛け軸の裏には何もなかったが、壁に飾られている日本画の裏には写真が隠されていた。

氷川が狸と手を繋《つな》ぐ写真だ。おそらく、狸の着ぐるみを着た千晶《ちあき》に連れ去られた時の写真だろう。あの時、撮影されていたとはまったく気づかなかった。さすが諜報《ちょうほう》部隊、と称《たた》えるべきだろうか。

「……こ、こんな写真まで……橘高さんや安部さんに見せて……それで橘高さんと安部さんが変になっちゃったのかな……こんなところに慌てたように隠したのは橘高さんか、安部さんかな……」

眞鍋の重鎮を錯乱させるようなことをしたのは誰だ。

そんな言葉が祐の声で聞こえてきたような気がしたが、当然、氷川は全力で無視した。気にしたら終わりだ。

魔女との戦いのセオリーは自分を強く持つこと。

これに限る。

それにしても、と氷川は冷静に今後を考えた。

「典子さんと橘高さんが帰ってくるまで大丈夫かな……あ、僕の仕事が始まったらどうしよう……」

氷川が今さらながらに出勤日を考えた時、裕也の甲高い声が聞こえてきた。

「お母さん、狸、狸、狸だーっ」

「裕也くんのお母さん、清和お兄ちゃんが狸にさらわれるーっ」

「ママ、まんま、ばぶっ、たんたんたんたんたんたんーっ」

いったい何があったのか、と氷川にいやな予感が走った。紙おむつと中華鍋を手に、慌てて裕也や来夢がいる部屋に向かう。

ショウと宇治が狸饅頭を咥《くわ》えて倒れていた。十夢は宇治の胸で激しく吠《ほ》えている。

狸だ。

狸がいる。

「……た、狸？」

目の前を狸が過った。

大きな狸が清和を連れ、玄関のドアから出ていこうとする。それも一匹や二匹ではない。

「狸め、レッドマンキックーっ」

裕也は勇猛果敢にも狸に必殺技を繰りだした。

しかし、狸はなんでもないことのように躱す。

「狸め、清和お兄ちゃんを離せーっ」

来夢は真っ赤な顔で狸に向かって、湯河原温泉土産の狸饅頭を投げた。

一発、ヒット。

が、狸饅頭を食らっても、狸はなんのダメージも受けていないようだ。

「清和くんをどこに連れていくのーっ」

氷川は手にしていた中華鍋と紙おむつを狸に投げた。

ポタッ、と紙おむつは目の前に落ちる。

「……っ」

こともあろうに、愛しい男の後頭部を中華鍋が直撃した。

……否、すんでのところで、不夜城の覇者は避けた。カランッ、と中華鍋は三和土《たたき》に落ちる。

「僕の清和くんを返してーっ」

氷川は来夢と一緒に狸饅頭を狸に向かって投げた。

狸たちは振り返りもせず、清和を両脇《りょうわき》から抱え、玄関から飛びだした。狸饅頭攻撃は足止めにならない。

「狸ちゃん、僕の清和くんをどこに連れていくのーっ」

氷川は狸に挟まれた清和を追って、靴も履かずに玄関から飛びだした。門の前にはグレーのワゴン車が停《と》まっている。

運転席にいるのは狸だ。

おかしい。

いくらなんでもおかしい。

ここは山の中じゃなくて都会なのに、と氷川は正気になった。第一、清和の様子も不自然だ。

「……こ、こういうことをするのはサメくんでしょうーっ」

えいっ、と氷川は渾身のタックルを狸に決める。

狸はバランスを崩し、庭先で転倒した。

もちろん、氷川は狸を摑んだまま離さない。間違いなく、熱海の日々で氷川の何かが変わった。

「サメくん、観念しなさい」

狸に直《じか》に触った経験はないが、どう考えても精巧な狸の着ぐるみだ。千晶が身につけていた着ぐるみとは質が違う。

「……たんたんたんのたんたんたんたぬきでごじゃる」

予想通り、狸の声はよく知っているサメのものだ。くぐもっているけれども。

「サメくん、ふざけないで」

むんず、っと氷川は狸の着ぐるみを引っ張った。

「たんたん、いや～ん、脱がさないでたんたん」

「裕也くんや来夢くんの教育上、見逃せない。これはどういうこと？」

ズボッ、と氷川は勢いよく狸の頭部を引き抜いた。

「姐さんのえっち～っ、いや～ん、たんたん」

氷川は見慣れたサメの顔を確認する。

……いや、確認できなかった。

狸がいたのだ。正確に言えば、狸メイクを施した諜報部隊のトップがいた。思わず、氷川は狸の頭部から手を離してしまう。

「……え？　中も狸？」

氷川はサメの芸人根性に驚嘆した。

「姐さんと狸の駆け落ちのショックで、寝込んだメンバーがおじゃるたんたん」

「仕返し？」

意趣返し以外の何物でもないことは明らかだ。

が、よりによって、橘高夫妻が裕也を育てている住宅街でやるか、と氷川の神経はささくれ立つ。橘高がヤクザであることは、近所の住人も知っているから。

「たんたんたぬきのたんたん、湯河原で狸に向かって発砲しなかったメンバーを誉《ほ》めてくだされたんたんたん」

「当然です。ピストルなんて持ちだしちゃ駄目……って、そんな危険なものを持っちゃ駄目です。銃刀法違反っ」

サメは腹立たしそうに、清和を狸の手で指した。

「……ああ～っ、この忌ま忌ましい大根役者、どうしてこうもっと手に手を取って逃避行の駆け落ちムードが出せないたんたん？　そんな大根演技じゃ、朧月姐さんは騙《だま》せないたんたんっ」

サメに憎々しげに罵倒《ばとう》され、清和は雄々しい眉《まゆ》を顰《ひそ》めた。

「……サメ」

俺は反対した、と清和の鋭い目は雄弁に語っている。

「反対していたなんて言わせない、たんたん。これは狸たちの総意たんたん」

グレーのワゴン車から狸がわらわらと降りてきた。おそらく、狸の着ぐるみを被った諜報部隊のメンバーだ。

「やめろ」

「朧月姐さんにクラッシュされた俺たちのハート、賃金アップじゃ癒《い》やされないたんたんたんでおじゃる。どうやって癒やしてくれるたんたんたん？」

「もうよせ」

「姐さん、そういうことだから、二代目と駆け落ちするたんたん」

どっこらせ、とサメはのっそりと立ち上がると、地面に転がっている狸の頭部を拾う。

狸の軍団が清和を囲んだ。

「ちょっと清和くんをどこに連れていくの？」

氷川は狸軍団に囲まれた清和に駆け寄った。

それでも、行く手をサメ狸が阻む。

「横浜の担々麺《たんたんめん》を食べるたんたん。湯河原の担々やきそばに負けない担々麺たんたん」

「横浜？　わざわざ横浜に行かなくても担々麺は食べられる。なんなら、僕が作ってあげるよ」

「食後のデザートは亀《かめ》ゼリーたんたん」

「亀ゼリー？」

狸じゃなくて亀？

氷川がきょとんとしている間に、狸軍団に拘束された清和はワゴン車に進む。

ワゴン車に乗ったらおしまいだ。

すんでのところで、氷川は清和の背中にしがみつく。

……否、スルリ、と諜報部隊のトップに間に入られてしまう。狸というより、忍者のような素早さだ。

「亀は狸に負けないたんたん」

「サメくん、わけのわからないことを言っていないで、清和くんを返して」

「返さないたんたん」

「清和くんは僕のものです」

氷川は手加減なしで、サメの耳を引っ張った。

「ちょっと、乱暴でおじゃるたんたんたんっ」

「僕も暴力は嫌いなんだ」

「いやぁ、朧月姐さんが鉄砲玉みたいな顔をしているわっ」

鉄砲玉でもなんでもやるしかない。

ここで狸軍団に負けたら駄目だ、と氷川が体当たりでサメ狸という妨害を乗り越えようとした時、黒塗りのメルセデス・ベンツが静かに停まった。

助手席から降りてきたのは、眞鍋組の頭脳と目されているリキだ。いつもと同じように、二代目姐である氷川に礼儀正しく一礼する。

「姐さん、時間がないので失礼させていただきます」

「リキくん、何があったの？」

まさか抗争、と氷川は真っ青な顔でリキに尋ねた。

「二代目と横浜の義理事に参ります」

「横浜で義理事？」

「はい」

「二代目をお借りします。心配はご無用にお願いします」

時間が差し迫っているのか、リキは言うだけ言うと、清和とともに黒塗りのメルセデス・ベンツで去っていった。狸満載のグレーのワゴン車も。

「……サメくん？」

ちょっと目を離した隙《すき》に、サメは忽然《こつぜん》と消えていた。

「……あ、あれ？　サメくん？」

神出鬼没のサメらしいというのか、まるで嵐《あらし》が通り去ったようだ。

いつしか、何事もなかったかのように、ショウは裕也や来夢とじゃれ合っている。宇治は十夢にへばりつかれ、ガラガラを回していた。

「……夢じゃなかったし、狸に化かされてもいない」

氷川は自分が狸に向かって投げた狸饅頭を確かめ、拾い上げた。これは僕が投げた狸饅頭、これも僕が投げた狸饅頭、これは来夢くんが投げた食べかけの狸饅頭、と。

「……サメくんはただ単に清和くんを迎えに来ただけ？　迎えに来るだけなのに狸のコスプレをしたの？」

氷川の質問に誰も答えてはくれない。ただ、根に持たれていることは、いやというほどわかった。

「……祐くんのバナナみたいに、当分の間、狸と芸者で何かあるのかな」

氷川は胸騒ぎがしたが、十夢が泣きだしたからのんびりしていられない。

「姐さん、助けてくださいーっ」

宇治に真っ青な顔で助けを求められ、泣きじゃくる赤ん坊に駆け寄った。そうして、おむつを替えた。


時の流れが早い。

十夢が寝ているにも拘《かか》わらず、裕也と来夢は元気よく走り回る。だが、一番耳障りな騒音を立てるのは、眞鍋が誇る韋駄天だ。

ガタッガタガタガタガタッ、ガシャーン。

「ショウ兄ちゃんのへたくそーっ」

「うるせぇ。二階から目薬を点《さ》すのは無理だ。ライオンより強い姐さんでも無理だぜ」

いったい何をやっている。小さなやんちゃ坊主と大きなやんちゃ坊主の会話に呆《あき》れていると、宇治が小声で囁くように言った。

「姐さん、来夢と十夢を送っていく時間です」

「どこに送っていくの？」

氷川は子供用の洗濯物をたたみながら聞き返す。

「父親の仕事場です」

はっきり聞いたわけではないが、来夢と十夢の父親はヤクザだと思った。教育上、どう考えても悪い。

「暴力団事務所に送っていくの？」

氷川が白皙《はくせき》の美貌を陰らせると、宇治は軽く首を振った。

「眞鍋のシマにあるホストクラブ・ダイヤドリームです」

想定外の仕事場に、氷川は目を丸くした。

「ホストクラブ？　ヤクザが経営しているホストクラブ？」

「来夢と十夢の父親はホストです」

「ヤクザじゃなかったの？」

氷川は十夢のヒヨコ柄のベビー服を掴んだまま驚いた。前掛けもタオルも可愛いヒヨコ柄だ。

「ヤクザになると思いましたがホストです」

「宇治くん、来夢くんと十夢くんのお父様を知っているの？」

「同じ暴走族のメンバーでした」

　宇治はショウや京介が所属していた暴走族の一員だ。当時、勇名を轟《とどろ》かせた暴走族だと聞いた。

「同じ暴走族？」

「当時、つき合っていた彼女が妊娠したので、京介より先に歳《とし》を誤魔化してホストになりました」

　よくある話です、と宇治はどこか遠い目で大型バイクを乗り回していた時代について語った。武闘派幹部候補にとって、青春のすべてだったらしい。

「来夢くんと十夢くんのお母様は違うよね？」

「悪い奴じゃありませんが、昔から女癖が悪かった。捨てられて当然です」

「ショウくんみたい？」

　ショウは無類の女好きだが、どんな女性であれ、長続きしない。捨てられるのはいつも、暴走族界で一時代を築いた特攻隊長だ。

「ショウよりタチが悪い」

「そんなに悪い人？」

「あいつ、太夢《たいむ》の言うことを真に受けないでください。言っているうちの八割は嘘だと思ってほしい」

宇治の表情から察するに、太夢という名の父親はだいぶ癖がある男らしい。

「いったいどんな？」

「来夢と十夢の性格が父親に似ないでほしい。マジに思いますね」

宇治は腕時計で時間を確かめると、慌てたように立ち上がった。ショウに一声かければ、すぐに裕也や来夢とともに玄関で靴を履く。

「お母さん、早く」

「裕也くんのお母さん、早く」

玄関からやんちゃ坊主コンビに急《せ》かされ、氷川は優しい手つきで十夢を抱き上げた。着替えやおむつなど、いろいろと詰めたヒヨコ柄のマザーズバッグは宇治が運ぶ。廊下や玄関口に玩具《おもちゃ》や目薬が転がっているが、氷川は見て見ぬふりをした。何せ、裕也と来夢が嬉しそうにボンネットに上っているから。

「裕也、来夢、そこからしっこしたら承知しないぜ」

ショウは笑いながら左右の腕でそれぞれ、やんちゃ坊主を捕まえ、ボンネットから下ろした。

裕也と来夢は足をバタバタさせたが、現役ヤクザの手で車に放り込まれる。氷川はチャイルドシートを探したが見当たらない。

「チャイルドシートは？」

氷川の質問をショウは無視し、宇治が苦虫を嚙み潰したような顔で答えた。

「姐さん、しっかり抱いていてください」

「……え？　駄目だよ」

「今だけ、目を瞑《つぶ》ってください」

宇治に深々と頭を下げられ、氷川は折れるしかなかった。そうして、ショウがハンドルを握る車で夜の街に向かった。

4

毎日のようにホストクラブはオープンし、クローズしている。歌舞伎町《かぶきちょう》は言わずと知れた、ホストクラブの激戦地だ。ネオンもギラギラしていれば、行き交う男女もギラギラしている。

「……あ、ホストクラブ・ジュリアス」

氷川《ひかわ》は車窓の向こう側に、眞鍋《まなべ》組と縁が深い超人気店を見つけた。開店前だというのに、出入り口付近では派手に着飾った若い女性が何人も集まっている。売り上げナンバーワンのホストの看板の前で写真を撮っている美女もいた。

「姐《あね》さん、ジュリアスのホストに見つかるとウザいので、目を合わせないようにお願いします」

宇治《うじ》に神妙な面持ちで言われ、氷川は思い切り戸惑う。京介《きょうすけ》との縁もあり、ホストクラブ・ジュリアスとは友好的だったはずだ。実際、今もショウは京介の部屋に居候している。

「宇治くん、何があったの?」

ショウくんがまた京介くんを怒らせたのかもしれない、と氷川は今までに見聞きしたショウと京介の仲違《なかたが》いの原因を思いだした。

「……ま、まぁ……」

「ショウくんが京介くんのごはんをすべて食べちゃった？　スイーツ？」

傍《はた》から見れば呆《あき》れるぐらいショウと京介のケンカの原因は限られている。すなわち、食べ物だ。

「……それはいつものこと……い、いや……」

「どうせ悪いのはショウくんでしょう。素直に謝ったらどうかな」

氷川は運転席に視線を流したが、ショウは助手席で暴れる裕也《ゆうや》を押さえ込むのに必死だ。

「……い、いろいろと……いろいろとありまして……」

「ショウくんと京介くんのケンカじゃないならオーナーといろいろ？」

ジュリアスのオーナーに宇治が気に入られ、遊ばれていることは知っている。すでにネタになっていることも。

「……姐さん、オーナーの件は忘れてください……っと、太夢《たいむ》がオープンさせたホストクラブ・ダイヤドリームはジュリアスみたいな大箱じゃありません」

「宇治くん、強引に話題を変えたね」

氷川がズバリと指摘したが、宇治は土色の顔で強引に変えた話題を続けた。

「……っ……その……太夢本人は少数精鋭って言い張っていますが、在籍しているホストが少ないから、来夢《らいむ》をホストにしようとして典子《のりこ》姐さんにお説教を食らいました」

一瞬、氷川は自分の耳がおかしくなったのかと思った。

「……え？　来夢くんをホストに？」

「飲めないホストも意外といるんですよ」

「……そ、そういう問題じゃない。来夢くんの歳《とし》をいくつだと思っているの？」

「信頼していた右腕に独立されて、ショックでおかしくなったみたいです」

「どんな理由であれ、子供をホストクラブで働かせるなんて鬼畜の所業です」

氷川が険しい顔つきで糾弾した時、焼き肉店の前で車が停《と》まった。その瞬間、裕也と来夢が飛びだす。

「裕也くん？　来夢くん？　焼き肉が食べたいの？」

氷川は慌てたが、宇治やショウは追いかけない。

「姐さん、焼き肉店じゃない。地下にホストクラブ・ダイヤドリームがあるんです」

あっという間に、裕也と来夢は階段で地下に下りていく。氷川は赤ん坊を抱いたまま、宇治と一緒に車を降りた。そうして、急な階段を下りた。

「……階段の壁にランキングを貼《は》り出《だ》しているのか。学校みたいだ」

急な階段の黒い壁には、先月の売り上げ第一位から第十位までのホストの顔写真がかけられていた。氷川はテストの順位が貼り出された学生時代を思いだす。

「学校ですか」

姐さんらしい、と宇治の目は雄弁に語っている。

「売り上げ一位の代表の太夢さんが来夢くんと十夢《とむ》くんのお父様だね？」

「はい」

ランキング第一に輝いているのは、代表の肩書を持つアイドルのようなルックスのホストだ。来夢と十夢のぱっちりした目や高い鼻梁《びりょう》は父親譲りだと一目でわかる。

「髪型がすごいね……あれ？　売り上げ第二位も第三位も第四位も、みんな、同じような髪型？」

ビジュアル系バンドのメンバーか、何かの仮装か、何かのアートか、金色に染めた長めの髪の毛は重力に逆らっている。眞鍋組にこういった髪型の構成員はひとりもいない。

「今、ホストの主流の髪型です。人気ホストを真似《まね》するんですよ」

「京介くんは違うね」

「京介は別格です」

階段を下りた途端、金と黒の扉が開いた。

「ホストクラブ・ダイヤドリームに女神が舞い降りました。美しすぎる姐さん、こういった形でお会いすることになるとは、夢にも思っていませんでした。真面目《まじめ》に生きていれば奇跡が授けられる。お会いできて光栄です」

黒と赤で全身揃《そろ》えた派手なホストが、姫に対する騎士のようにダイヤ柄の床に膝《ひざ》をついている。つい先ほど、階段の壁のランキングで見かけた売り上げ第一位の太夢だ。

「……来夢くんと十夢くんのお父様ですね？」

「はい、来夢と十夢の父親の太夢です。どうか、太夢、とお呼びください。このたびは息子がお世話になりました」

どうぞこちらに、と太夢はいかにもといった気障《きざ》な動作で深紅の薔薇《ばら》に覆われたＶＩＰ席に先導する。店内中のホストがダイヤ柄の床に膝をつき、出迎えのポーズを取っていた。店内はいかにもといった都会的なムードが流れている。

裕也と来夢は車形のチョコレートをもらって、大喜びしていた。ウサギのようにぴょんぴょん飛び跳ねている。

「太夢さん、さしでがましいようですが、申し上げてよろしいですか？」

氷川はＶＩＰ席に腰を下ろし、隣に座った太夢に言葉を向けた。

「美しすぎる姐さん、太夢、と呼んでください」

氷川は白百合《しらゆり》と称《たた》えられているが、深紅の薔薇に囲まれても、その美貌《びぼう》は霞《かす》まない。太夢だけでなくほかのホストたちも感嘆の息を漏らした。

もちろん、氷川は周囲の視線に左右されたりはしない。

けません」

「ホストクラブの入店は未成年禁止のはずです。裕也くんや来夢くんを店内に入れてはいけません」

「なんでも仰《おっしゃ》ってください」

「では、太夢くん、申し上げます」

氷川がきつい目で注意すると、太夢はにっこり笑った。

「開店前ですから」

裕也と来夢はチョコレートを持ったまま、ソファからソファまで飛び移る。ふたりとも運動神経はいいが危ない。なぜ、誰も注意しないのだろう。

「裕也くんと来夢くん、危ないっ」

氷川が注意した矢先、裕也と来夢はいっせいにソファから落ちた。

ボタッ、と。

ホストたちは手を叩《たた》いて笑っているし、太夢もいっさい動じなかった。

「あれぐらい大丈夫っス」

「あれぐらい？」

氷川は赤ん坊を抱いたまま立ち上がったが、やんちゃ坊主コンビにはなんのダメージもなかったようだ。

ゴロゴロゴロッ、とダイヤの柄の床を楽しそうに転がり、派手なホストの集団に突っ込んでいく。

「今日は美しすぎる姐さんが一緒だからおとなしい」

「あれでおとなしいの？」

「はい、うちのガキ二匹も裕也も、どうしてあんなに腕白なんだっていうぐらい腕白だから」

「来夢くんと十夢くんはお父様に似たのではないですか？」

「典子姐さんにも言われました」

太夢がニパッ、とホストらしからぬ笑顔を浮かべた時、強烈なニンニクの匂《にお》いが漂ってきた。

「……え？　ガーリック？」

奥からエプロン姿のホストが五人、ぞろぞろと出てくるや否や、店内はニンニクの匂いに包まれる。

「姐さん、せっかくですから食べていってください」

グツグツグツグツッ、とオイル漬けの海老《えび》が煮立っている器がテーブルに置かれた。ニンニクの匂いがすごい。

「……海老のアヒージョ？」

「はい。海老のアヒージョに牡蠣《かき》のアヒージョ、あさりやホタテのアヒージョ、ムール貝のアヒージョ、ハマグリとカマンベールのアヒージョ、お好きなものをお好きなだけお召し上がりください」

次から次へとグツグツ煮立っているアヒージョが運ばれ、店内のニンニク濃度がさらに増した。チリ産のワインやカリフォルニア産のワインボトルもデキャンタに注がれたミネラルウォーターとともに並ぶ。バゲットが盛られた籐《とう》のパン籠《かご》も、お約束のようにテーブルに置かれた。

「太夢くん、今日、お店はお休みですか？」

「いえ、これからオープンです」

「接客業の方はお仕事の前に匂いのきつい食べ物は口にしないと聞きましたが？」

ニンニクやニラなど、熱海《あたみ》でベテラン芸妓《げいぎ》に注意された食材だ。氷川自身、外来診察のある日は避けている。

「そうです。普段、俺も店の奴《やつ》らもオープン前にニンニクは食べません。どんなにショウが美味《うま》そうにギョーザを食っていても我慢しています」

太夢は鉄則とばかりに大きく頷《うなず》いた。

「今日は何かあるんですか？」

「そうです。俺の太客に水産業者の女社長がいます。この海鮮はその女社長の差し入れです」

「わざわざアヒージョにしなくても海鮮鍋《なべ》とか、海鮮サラダとか、いくらでも食べようがあると思うけど」

「美しすぎる姐さん、そこです」

太夢は気障ったらしくウインクを飛ばした。

氷川はホストのウインクにハートを貫かれたりはしない。風か何かのように綺麗《きれい》に無視する。

「はい？」

「今夜、その女社長の美千代《みちよ》ちゃんの予約を頂いていました。それもお金持ちらしいお友達連れの四名様です。貸し切りでもOKのメンツです。なのに、いきなりのキャンセルです。理由がなんだと思いますか？」

「ほかのホストクラブに？」

客の予約変更の理由といえば、真っ先に思い浮かぶのは心変わりだ。熱海のベテラン芸妓は多くの上得意を若い芸妓に奪われたという。その若い芸妓もいずれはもっと若い芸妓に上得意を奪われると聞いた。そういう世界だとも。

「いえ、美千代ちゃんご一行はお気に入りのバルでアヒージョを食べすぎて、ニンニク臭くなったから、恥ずかしくて行けない、ってほざきやがったんです」

太夢は忌ま忌ましそうに言うと、海老のアヒージョを口に放り込んだ。隣のテーブルではショウや宇治がイカのアヒージョを咀嚼《そしゃく》している。

「……え？　お客さんが気にしているの？」

女性ならではの心理か、客側がニンニク臭を気にして、今夜の予約をキャンセルしようとしたらしい。

「そんなの、うちにしてみれば、ニンニク臭でもドブ臭でもアンモニア臭でもノープロブレムです。俺たちも開店前のミーティングでアヒージョを食ってニンニクに包まれるから気にせずに予定通りに来てくれ、って口説きました」

誰が逃すか、と太夢から並々ならぬホスト魂が発散される。

「それでアヒージョ？」

美味《おい》しそうだが、氷川はたいしてお腹《なか》が空いていない。若いホストに烏龍茶《ウーロンちゃ》を頼んだ。

「はい。せっかく入った太客の予約にニンニク如《ごと》きで逃げられたら潰《つぶ》れる」

「予約通り、来てくれるんですね？」

「来なきゃ、どこにでも迎えに行く」

太夢は荒い語気で言ってから、イカのアヒージョを食べた。隣のテーブルではショウのために、海鮮ギョーザが作られたらしい。ショウの雄叫《おたけ》びが店内に響き渡った。

「おおっ、美味いぜ。この海老ギョーザっ」

ショウの雄叫びに感化されたらしく、ソファを飛び回っていた裕也と来夢が海鮮ギョーザに駆け寄った。

「食え」

ショウに蒸したての海鮮ギョーザを口に放り込まれ、裕也は甲高い悲鳴を上げた。

「熱っ」

「おぉ、すまん。熱かったか。ギョーザは熱いのが美味いんだ」

ショウはオレンジジュースのグラスに浮かんでいた氷を指でつまみ上げると、そのまま裕也の口に当てた。

ショウらしいと言えばショウらしいが、氷川が止める間もない。

「ショウ兄ちゃん、チョコのギョーザがいいよぅ」

「今日のギョーザは海老とイカとホタテだ。肉とニラがいいな」

「僕はマンゴー入りのギョーザがいい」

ショウのために海鮮やきそばや海鮮春巻きが運ばれてきた。どうやら、エプロン姿の若いホストはショウの暴走族時代の後輩だ。それゆえ、伝説と化した特攻隊長を神のように崇《あが》め奉っている。

「海鮮やきそばより、こってり担々麵《たんたんめん》がいいな。水産業者の女社長じゃなくて肉屋の女社長をこませばいいのに」

「僕はカスタード入りのギョーザがいい」

ショウと裕也は勝手なことを言いつつ、テーブルに所狭しと並べられたギョーザや春巻きを食べた。

いつの間にか、来夢は甘えるように太夢の横でチョコレートを食べている。まだまだ親が恋しい年頃だ。

「パパ……」

「来夢、なんだ？　裕也くんのお母さんが一緒で楽しいな」

「うん」

太夢も甘える長男が可愛《かわい》いらしい。頰《ほお》ずりをしたり、髪の毛を撫《な》でたりしている。軽薄そうに見えるが、父親としての愛情を持って息子たちを育てているのだろう。

「姐さん、せっかくですからどれか一口でも食べてください」

太夢に明るい声で勧められ、氷川は軽く頷いた。

「じゃあ、牡蠣のアヒージョ」

大粒の牡蠣をオリーブオイルと何種類ものスパイスやハーブで煮込んだら美味しいだろう。氷川は勧められるままに口にした。

……あれ？

冷たい？

まだ器は熱いし、グツグツしているのに中は冷たい？

冷めてしまった？

中まで火が通っていなかった？

生食用の牡蠣じゃないよね、と氷川は思った瞬間、口にした牡蠣を目の前の紙ナプキンに吐きだした。

「姐さん、口に合いませんでしたか？」

太夢に心配そうに覗《のぞ》き込《こ》まれ、氷川はナプキンで口を拭《ふ》いた。

「中が冷たい」

氷川が険しい顔つきで指摘すると、周りのテーブルのホストたちから次々に同意の声が上がった。

「ハマグリのアヒージョも中が冷たいっス」

「ホタテもマテ貝もホンビノス貝もヒオウギ貝も中は冷たかったです」

「海老とイカのアヒージョ以外、ホットとコールドの二世帯住宅です」

ホストたちも中が冷たい貝に思うところはあったらしいが、それぞれ、テーブルのアヒージョは平らげられている。バゲットも一枚も残っていない。

「冷たかったのに食べたの？」

氷川が掠《かす》れた声で聞くと、若いホストたちは元気よくいっせいに答えた。

「はいっ」

「……大丈夫かな？」

氷川が楚々《そそ》とした美貌を陰らせると、太夢が怪訝《けげん》な顔で首を傾《かし》げた。

「美しすぎる姐さん、何が？」

「貝毒による食中毒」

一般的に言えば貝にあたる、と氷川は医師の目で続けた。口にした牡蠣のアヒージョから、何がどうとは言えないが、胸騒ぎがする。

けれど、ホストクラブ・ダイヤドリームの代表は一蹴《いっしゅう》した。

「ホストが一番怖いのは売り掛けが溜《た》まっている客に飛ばれることです」

ツケで飲んだ客が行方をくらませば、責任は担当ホストにかかる。時に店全体を巻き込んだ修羅場になりかねない。

「それはわかるけど」

下痢性貝毒ならば後遺症や死亡例はないが、麻痺《まひ》性貝毒ならば呼吸麻痺を起こして死に至るケースもある。加熱処理をしても毒性が消えるわけではないから、加熱調理して食べても生焼けで食べても発症するが。

「食中毒よりアルコール依存症が怖い」

「それもわかるけど」

貝毒の発生時期って三月頃からで四月、五月がピークだった、もうピークは過ぎたはず、今年は貝を毒化するほどのプランクトンが発生したのかな、と氷川は貝毒による食中毒について考えた。

「食中毒よりメタボリックが怖い」

ホストのライフスタイルでスリムな体型をキープするのは難しいだろう。夢の王子様を体現している京介でさえ、太らないように努力していると聞いたことがある。本当はスイーツが好きなのに我慢している、と。

「それもよくわかるけれど」

「食中毒より客が来ないことが怖いです」

「それもわかるけれどね」

底の見えない不況の嵐《あらし》は歌舞伎町も直撃している。女性相手のホストクラブも男性相手のキャバクラやクラブも苦戦続きだという噂《うわさ》しか流れてこない。

「不景気にも限度があると思いませんか。ここ最近、初回荒らしばかりだし、詐欺は多いし、鏡月しか出なくなったし」

「ホストクラブを辞めて新しいビジネスを始めたらどうですか?」

「オレオレ詐欺はリスクが大きいので」

太夢の口から飛びだした犯罪に、氷川の綺麗な目は曇った。

「どうしてオレオレ詐欺?」

「この店をクローズさせたら、オレオレ詐欺ぐらいしか、できそうなのがないからです」

　太夢が堂々と胸を張って宣言すると、周りのホストたちも同意するように相槌《あいづち》を打った。

「冗談でもそんなことを言ってはいけません」

「俺は本気です」

「さらに悪い」

「来夢と十夢が成人するまでなんとか頑張りたいのでよろしくお願いします」

　ペコリ、と太夢は頭を下げる。父親に倣うかのように、来夢もチョコレートを手にしたままペコリと頭を下げた。

「僕に言われても」

「京介が姐さんの舎弟だと聞いたので」

　京介が怖い、と太夢は青い顔で隣にいた来夢を自分の膝に乗せた。ぎゅっ、と縋《すが》るように抱き締める。

　よしよし、とばかりに来夢は父親の頭を撫でる。ただ、セットした髪の毛を崩さないように注意しているから涙ぐましい。

「京介くん？　僕の舎弟ってわけじゃないけれど、いったいどうしたの？」

　氷川は膝ですやすやと寝ている十夢をソファに優しく置いた。若いホストが持ってきた膝掛けをかける。ついでにお気に入りのヒヨコのぬいぐるみも添えた。

「京介の妨害に遭っています」

「京介くんが妨害なんてしますか？」

氷川が知る京介というカリスマホストが、太夢の妨害をするタイプだとは思えない。たとえ、太夢が京介の商売敵であったとしても。

「姐さん、京介の恐ろしさを知らないんですか？」

「京介くんがゴジラだってことは知っている。怒らせたら怖いって……あ、太夢くんが京介くんを怒らせるようなことをしたんでしょう」

京介と太夢を並べてみれば、どちらに非があるか、氷川はなんとなくだがわかる。初対面だが、太夢のそこはかとない軽薄さはひしひしと感じた。息子に対する愛は疑いようがないけれども。

「滅相もない。俺はひたすら真面目にホスト稼業を営んでいるだけです」

「ひたすら真面目にホスト稼業に励んでいるなら、京介くんは怒ったりしないと思う」

京介は決して理不尽な男ではない。どちらかといえば、理不尽極まりない幼馴染《おさななじ》みに耐えているほうだ。

「京介はショウが絡むと人が変わる。どう考えても異常です」

太夢は膝に乗せた我が子に頬を擦りつけながら言った。凄絶《せいぜつ》な恐怖が発散される。

「京介くんとショウくんは特別です」

ショウの面倒を見ることができるのは京介だけ。京介につき合えるのはショウだけ。幼馴染みの関係は一言では言い表せないが、誰にも入り込めない絆《きずな》がある。

「ゾク時代からショウと京介は特別でした。俺はショウと京介が特別ラブの関係だと気づいていました。眞鍋組の二代目組長が男の姐さんを迎えたんだから、もう堂々とふたりの関係を公表しろ、って言ったら……ゴジラどころか大魔神になりやがった」

太夢の表情から京介の暴れっぷりが容易に想像できる。華やかなカリスマホストはヤクザや現役プロレスラーより強かった。

「ショウくんと京介くんはそういう関係じゃないと思う」

「あのふたりがゲイカップルじゃないなら、この世にゲイカップルは一組もいない」

「確かに、あのふたりはなんだかんだ言いつつも仲がいい。誰も入り込めないふたりだけど、ゲイカップルじゃないと思う」

ショウは根っからの女好きだし、京介は女性に対してはクールだが同性愛者ではない。ふたりに恋愛感情があるとは思えなかった。

……いや、恋愛感情以上の何かがあるように感じてならない。

「人を人とも思わない京介がショウになると変わる。京介はショウ限定で夢の王子様から巷《ちまた》のゴジラになる。これはもうラブのなせる業」

「なんにせよ、そういうことを言いふらすから、京介くんに睨《にら》まれたんでしょう。京介くんとショウくんふたりの幸せを祈るなら、何も言わず温かく見守っていればいいのに」

「俺としては堂々とふたりでバージンロードを歩いてほしい」

京介がショウと公認カップルになれば、ホストとしての売り上げは落ちるだろう。京介に見切りをつけた客が流れてくるかもしれない。そんな太夢の本心が透けて見えた。

「京介くんの人気を落としたいの？」

「京介の人気は落とそうとしても落とせない」

太夢に京介に対する妬《ねた》みや嫉妬《しっと》を感じた。何せ、どん底の不景気にも拘《かか》わらず、京介は莫大《ばくだい》な売り上げを叩きだしている。

「京介くんを妬むだけ無駄です」

「美しすぎる姐さん、きつい」

しばらくの間、京介に関する話題が続く。とどのつまり、カリスマホストとして絶賛されている京介に対する嫉妬が大きいのだ。太夢本人もそれ相応の数字を叩きだしている人気ホストだから。

いつの間にか、太夢の膝で来夢は寝息を立てている。裕也もソファで豪快に寝息を立てていた。

ショウと宇治は若いホストたちに交じり、海鮮ギョーザや海鮮春巻きを食べ続けている。奥の厨房《ちゅうぼう》から海鮮饅頭《まんじゅう》や海鮮団子などの点心も運ばれてきた。

「京介くんを妬む時間があるなら、一般の仕事を探しましょう。一緒に干物や温泉卵を売りますか？」

氷川は満面の笑みで誘ったが、太夢の端麗な顔は派手に歪《ゆが》んだ。

「干物や温泉卵？　どうして干物や温泉卵？」

「今、眞鍋で新しいプロジェクトが進んでいます。ローストビーフやロールキャベツなど、肉加工品の製造や販売に興味はありますか？」

あっ、と氷川は思いついた。太夢やホストたちは新しいプロジェクトの即戦力になるかもしれない。ホストという接客業のプロなら、耳の遠い老人や観光客相手の販売もできるだろう。

「……も、もしかして、ショウや宇治が泣き喚《わめ》いていた魔女シリーズのローストビーフですか？」

一瞬にして、太夢の周囲の空気に恐怖が混じる。

「知っているなら話が早い。女性を騙《だま》すホストを引退して、健康的で美味しい肉加工品を販売しましょう」

氷川は目をキラキラさせて話を進めようとしたが、太夢の額から脂汗が滲《にじ》み出《で》た。冷房は効いているというのに。

「……む、む、む、無理……」

太夢の整った顔立ちが見るも無惨に崩れていく。

「どうして？」

「……魔女ですよ……あの魔女……魔女の腸……」

魔女に対する恐怖なのか、太夢は今にも卒倒しそうだ。ガクガクガクガクッ、と下肢の震えが止まらない。

「顔色が悪い。大丈夫ですか？」

「……そりゃ、魔女の生爪《なまづめ》やら魔女の生き肝やら思いだしたら……」

太夢が土色の顔で言った時、どこからともなく地獄の亡者の声が聞こえてきた。

「……う……うぅぅぅぅぅぅぅぅぅぅぅぅぅぅ〜っ」

「……ぐっ……ぐぇぇぇぇぇぇぇぇぇぇぇぇぇ〜っ」

「……ぶふぅっ……死ぬ……」

地獄の亡者たちではない。若いホストたちが苦しそうな顔で腹部を押さえ、トイレに駆け込む。

「……げっ、げえーっ」

可愛いホストはトイレに間に合わず、ダイヤ柄の大きな花瓶に吐いてしまった。ニンニク臭に混ざり、なんとも言いがたい汚臭が漂う。

「……く、苦しい……」

「……毒だ……毒殺……」

「……さ、酒に毒……」

若いホストたちがトイレの順番待ちでのたうち回っている。奥の厨房に駆け込み、吐いているホストもいた。

「……お、おい、大丈夫か？」

太夢は膝で寝ていた子供をソファにそっと置いてから立ち上がった。

「……だ、だい、代表……毒殺……毒です……」

「……俺は毒殺……離婚の慰謝料をすべて巻き上げた節子《せつこ》の呪《のろ》いですか？」

「……ソ、ソープに堕としたマリンの恨みですか？」

「……Sオヤジに売り飛ばした里奈《りな》のリベンジ？」

ホストたちは毒物を口にしたと訴え、太夢は真っ青な顔で狼狽《ろうばい》した。

「……毒殺？　紫苑《しおん》は俺を裏切って独立しただけじゃなくて殺しにかかっているのか？

俺たち全員、青酸カリで殺されるのか？　ヒ素か？」

ショウと宇治は同時に太夢の肩を勢いよく叩いた。落ち着け、と。青酸カリじゃない、と。ヒ素でもない、と。

「大丈夫ですか？」

氷川は目の前で苦しんでいるホストに近寄った。

「……うう……綺麗な姐さん……俺は毒殺された……」

「毒殺？　まだあなたは生きています」

毒物が混入されたわけじゃない。

中が冷たいアヒージョを食べてから三十分経《た》っている。

貝にあたったんだ、と氷川は腕時計で時間を確かめ、思い至った。どこからどう見ても、貝毒による食中毒の症状だ。

「貝毒による食中毒です。救急車を呼んでください」

氷川が医師の目で言うと、太夢はきょとんとした面持ちで首を傾げた。

「食中毒？」

太夢の隣ではショウと宇治が口をポカンと開け、木偶《でく》の坊《ぼう》のように突っ立っている。ホストたちの断末魔に交じり、裕也の豪快な鼾《いびき》が響き渡った。

「牡蠣を食べた時、いやな予感がしたんです。やっぱり」

行儀が悪くても吐きだして正解、と氷川は自分が咄嗟《とっさ》に取った行動を振り返った。

学会後の宴会で貝毒にあたり、地獄を彷徨《さまよ》ったという教授陣の話は有名だ。フランスの学会で牡蠣のロシアンルーレットに当たり、天国を見たという教授たちの話も医師の間では受け継がれている。

「俺もショウも宇治もピンピンしていますよ？」

「僕も太夢くんもショウくんも宇治くんも貝のアヒージョを食べていないでしょう？」

氷川がズバリ指摘すると、太夢やショウ、宇治は思い当たったように手を打った。

「俺はイカオンリー。あとはギョーザや春巻き」

案の定、太夢と宇治は貝のアヒージョを食べていない。

「俺は海老とイカ」

「俺はイカ、アヒージョよりギョーザややきそばを食った」

ショウは納得したようにコクコクと頷いたが、悠長なことはしていられない。見目麗しいホストたちはトイレ争奪戦だ。

「太夢くん、早く救急車」

「食中毒で救急車なんて呼んだらおしまいだ。美しすぎる姐さん、お医者様でしょう。なんとかしてください」

太夢に切羽詰まった顔で頼まれ、氷川は思いきり困惑した。

「なんの医療器具もないのにここでは無理です」

「食中毒で死にませんね？」

「下痢性貝毒なら死に至ることはありませんが、麻痺性貝毒だったら最悪の場合、死に至ります」

「こいつらはどっちですか？」

「下痢性貝毒は激しい下痢、吐き気、嘔吐《おうと》、腹痛を引き起こします。麻痺性貝毒の中毒症状はフグ毒に似ています。唇や舌、顔面や手足が痺《しび》れていたら、麻痺性貝毒です」

唇や舌、身体《からだ》のどこかが痺れていますか、と氷川は悶絶《もんぜつ》しているホストたちに大声で言い放った。

ホストたちは振り返りもせず、瀕死《ひんし》の獣のような声を上げた。

「……で、出るーっ」

「……も、漏れるーっ」

「……漏らしていいっスかーっ？」

「……こ、ここでリバースしてもいいっスかっ？」

氷川はトイレ争奪戦を繰り広げているホストたちを医師の目で観察した。奥の厨房では流し台とボウルの争奪戦らしい。

「この様子だと下痢性貝毒かな？」

みんな、下痢と嘔吐で苦しんでいる、と氷川は判断を下す。

「姐さん、救急車は呼ばなくてもいいですね？」

「病院に行って点滴を打ってもらいましょう」

「病院ですか？」

「はい。個人差はあると思いますが、激しい下痢や嘔吐を繰り返します。三日以内に回復すると思いますが……」

「先ほど言いましたが、今夜は太客の予約が入っています」

ホストは全滅、店内は汚臭、もはや女性客に夢を売るどころの状態ではないが、太夢は太客の水産業者の女社長を迎える気満々だ。

「それどころじゃないでしょう。早く、病院に連れていくなり、トイレがある自宅に送ってあげるなり、早急に手を打たないと脱水症状の危険……」

氷川の言葉を遮るように、ショウが鬼のような顔で言った。

「太夢、お前のところの奴らにはひとりひとつのトイレが必要だ。このままだと店全体がトイレになるぜ」

眞鍋の特攻隊長が指摘したように、普段、客の取り合いに全精力を注いでいるホストが、トイレの取り合いでしのぎを削っている。由々しき事態だ。もはや、重力を無視したヘアスタイルもメイクもぐちゃぐちゃ。

「裏手の綾小路《あやのこうじ》先生のところに連れていく。手を貸してくれ」

トップの太夢以外、ホストは全員、貝毒にやられている。

子供に害がなかったことは不幸中の幸いだった。深い眠りに落ち、阿鼻叫喚《あびきょうかん》の地獄絵図を見ずにすんだ。

「裏手の綾小路病院？　モグリの医者？」

ショウも綾小路という大仰な名の医者を知っているらしい。宇治も思いだしたように頷いた。

「そうだ。モグリじゃないといろいろとヤバい」

太夢は自分の子供たちを眺めながら、氷川に深々と頭を下げた。

「姐さん、こんなことになって申し訳ありません。しばらくの間、うちのガキを見ててください」

「わかりました」

氷川が承知したとばかり頷くと、太夢はショウや宇治とともにダイヤ柄の床でのたうち回っているホストを運びだした。


天使の寝顔がみっつ。

起きている時はやんちゃ坊主だが、寝ている時は天使そのものだ。

「……可愛い」

つい、氷川の口からポロリと零《こぼ》れる。

「……むにゃ……お母さん、清和《せいわ》兄ちゃん、泣かせた。悪魔星雲の総司令官より強いぜ」

いったいどんな夢を見ているのか、裕也は由々しき寝言を口にする。義兄弟の証《あかし》か、来夢も呼応するように言った。

「……むにゃ、裕也くんのお母さん、ショウお兄ちゃん、泣かせた。悪の帝王より強いぜ」

天使から聞き捨てならない寝言が連発され、氷川の白い頰は引き攣《ひつ》った。

「裕也くんと来夢くん、起きたらいろいろと話し合わないといけない」

裕也は起きているかのように手足をバタつかせる。氷川はそっと膝掛けを裕也の身体にかけ直した。

テーブルには厨房スタッフが運んでくれた烏龍茶とオレンジジュースがある。フォートナム＆メイソンのビスケットも添えられているが、手を伸ばす気にはならない。

「太夢くん、そろそろ戻ってきてもいい頃なのに」

氷川は腕時計で時間を確かめ、溜め息をついた。換気をフル作動させているせいか、店内を包んでいた汚臭は消えている。ただ、そこはかとないニンニク臭は残っていた。そもそも、厨房スタッフもニンニク臭を消す気はないらしい。

カツーン、カツーン、カツーン。

開け放たれた扉の向こう側に人の気配がする。

やっと太夢くんが帰ってきたのかな、ショウくんや宇治くんも一緒かな、と氷川がソファから腰を浮かせた時。

「こんばんは〜っ」

やけに派手な中年女性が、ひょっこりと顔を出した。その後にも同じ年代の女性が続く。一、二、三、四、四人と氷川は瞬時に人数を数える。

「こんばんは？」

氷川が怪訝な顔で挨拶《あいさつ》をすると、派手な中年女性の四人組から甲高い嬌声《きょうせい》が上がった。

「きゃぁ〜っ、太夢くんから夢みたいに綺麗だって聞いていたけど、ここまで綺麗だとは思わなかったわ」

「ええ、ええ、期待以上ね。美千代ちゃんお気に入りの韓《かん》流スターみたいね」

「美千代ちゃんお気に入りの韓流スターとはムードが違うわ。まぁ、それにしてもどこかの人形みたい」

「諒《りょう》くんよね。新人だって聞いたけど、今月のナンバーワンは諒くんよ。とうとう太夢くんの時代が終わるのね。こんな日にバルでアヒージョをたくさん食べてきて恥ずかしいわ」

「諒くんがいるならニンニク料理は控えるべきだったわね。ミントキャンディじゃ、効果がないでしょう。ごめんなさいね」

「太夢くんが店内でアビージョパーティしたから一緒、って言ってくれたけど」

きゃっきゃっきゃっきゃっきゃっ、と派手な中年女性の四人組は、それぞれ楽しそうにはしゃいでいる。揃いも揃って全員、ふくよかだ。

脂肪肝の可能性が高い。今すぐCTと超音波、と氷川は女性陣の体型から察してしまった。これはもう職業病かもしれない。

もっとも、氷川が困惑していることに気づかず、派手な女性四人組の会話は続いた。

「ここも太夢くんと紫苑くん、カリスマがふたりいたからよかったのよ。太夢くんひとりじゃ面白くないわ」

「諒くんは夢みたいに綺麗。そういえば、ここの店名は『ダイヤドリーム』だったわね」

「太夢くんは今まであまりいい夢を見せてくれなかったから、『ジュリアス』にしようと思ったけど、諒くんがいるならここで正解ね。諒くんは見ているだけで幸せになるわ」

「えぇえぇ、諒くんのおかげで更年期障害がなんとかなりそうよ」

「諒くん、私が美千代よ。私以外はみんな、初回なのよ。よろしくね」

派手な中年女性の四人組が何を喋《しゃべ》っているのか、氷川はまったく理解できない。ただ辛《かろ》うじて、彼女たちがホストクラブ・ダイヤドリームの客であることはわかった。今夜、予約が入っていた水産業者の女社長の一行だと。

「……は？　は、はい？」

した。

「諒くんとの出逢《であ》いを祝福して、ドン・ペリのホワイトを開けちゃうわ」

美千代は頬を紅潮させて言ったが、氷川は何がなんだかわからない。胡乱《うろん》な顔で聞き返した。

「……え？　何を開けるんですか？」

「ホワイトじゃ満足できないのね。いいわよ、諒くんが期待以上に綺麗だから、ドン・ペリのロゼ」

……ああ、ドン・ペリか。

シャンペンのドン・ペリだ。

ドン・ペリはシャンペンのドン・ペリニヨンで、ホワイトよりロゼが高かったはず、と氷川は脳内にインプットされていたデータを探った。

が、何よりも先に確認しなければならないことがある。氷川は神妙な面持ちで、興奮気味の美千代を見つめた。

「……まず、確かめたいことがあります」

「なぁに？」

「諒くん、って僕のことですか？」

「そうよ。諒くんでしょう。今夜、デビューだって聞いたけど、初々しいわね」

一瞬、何を言われたのかわからず、氷川は怪訝な顔で聞き返した。

「……は？　今夜、デビュー？　なんのデビューですか？」

「いやだぁ、それも諒くんの売りなの？」

「……売り？」

売りとはなんのこと？

いったい何がどうなっている、と氷川が驚愕《きょうがく》で下肢を震わせた時、いつの間に階段を駆け下りたのか、太夢が物凄《ものすご》い勢いで店内に飛び込んできた。その手には深紅の薔薇のブーケがある。

「美千代ちゃん、会いたかったよ。来てくれて嬉《うれ》しいーっ」

太夢はダイヤ柄の床に跪《ひざまず》き、薔薇のブーケを美千代に差しだした。舞台に上がった舞台役者のようにオーバーな動作だ。

「太夢くん、待っていたわよ。迎えに来てくれないなんてひどいわ」

美千代は拗《す》ねたように唇を尖《とが》らせたが、薔薇のブーケは拒否しない。女王然とした態度で受け取った。

ほかの女性たちは羨《うらや》ましそうに眺めている。

「ごめん、ごめん、本当にごめん、連絡したように、うちの若い奴らがいっせいに潰れちゃったんだ。その代わり、最高にフレッシュな大型新人にサービスさせるから許してね」

チュ、と太夢は美千代の手の甲にキスをした。まさしく、古の姫に対する騎士のように。

「太夢くんの言う大型新人はいつも残念なイケメンが多かったけど、今回の大型新人は嘘《うそ》じゃなかったわね。夢みたいに綺麗だわ。同じ人間だって思えない」

「そうでしょう。うちのスーパー綺麗な諒くん、これから諒くんがホストクラブの常識を塗り替えるから期待していてね」

太夢にウインクを飛ばされ、氷川は思いきり面食らった。

「そうね。ジュリアスのナンバーワンとはまた違った美形だわ」

「京介とうちの大型新人を並べないでほしい。うちの諒くんの美しさは格が違う」

スッ、と太夢にさりげなく肩を抱かれ、氷川は面食らったが反応できない。何せ、氷川をネタに話は弾む。

「この子ならその暴言も許されるわ」

「そうでしょう。そばでじっくりと諒くんを見ていいよ。ただ、新人教育がこれからの新人なんだ。接客マナーも身についていない。シャイだから人形みたいに隣で座っているだけなんだけど、大目に見てほしい」

「これだけ綺麗なら隣にいるだけでいいわ。私と伊都子《いつこ》ちゃんの間に座らせて」

「OK、美千代ちゃんたちのためにVIP席を空けていたから」

太夢は美千代たち四人連れの女性陣を、深紅の薔薇に覆われたＶＩＰ席に座らせる。当然のように、氷川は美千代と伊都子という名の女性の間に座らされた。

「……ちょ、ちょっと太夢くんっ」

氷川は慌てて声を張り上げたが、太夢に縋るような目で言われた。

「諒くん、美千代ちゃんは優しいから大丈夫。美千代ちゃんが連れてきてくれたお客さんなら優しいから大丈夫」

一生のお願い、俺はガキを連れて路頭になんか迷いたくない、おむつ代もミルク代も保育園代も洒落《しゃれ》にならん、と太夢に小声でそっと耳打ちされる。醸しだす悲愴《ひそう》感が半端ではなかった。

「……あ、あのね。僕は……」

スッ、と女性客の名前が書かれたメモが飾りボトルのシンデレラの裏に貼られる。氷川の右隣が美千代で左隣が伊都子、目の前にいる女性が咲子《さきこ》でその隣が晴江《はるえ》だ。美千代は全身エルメスで揃え、伊都子は全身シャネルで揃え、咲子は全身ディオールで揃え、晴江は全身グッチで揃えている。見るからに羽振りの良さそうな女性たちだ。

「座っているだけでいい。来夢と十夢のために頼む」

パンパンパンパンパンッ、と太夢に鼓舞するように肩を叩かれ、氷川は熱海で新人芸妓になった時のことを思いだした。

……あ、あの時も。

あの時もあっという間に。

あの時とはまた違うけどあの時と同じような。

熱海では芸妓で歌舞伎町ではホスト、と氷川がどこか遠い目で曾祖母《そうそぼ》しか身寄りのいない熱海の女児たちを思いだした時、美千代に声をかけられた。

「諒くん、ドン・ペリのロゼでいいのね？」

氷川が返事をする前に、太夢が爽《さわ》やかなスマイルで答えた。

「さすが、美千代ちゃん、いきなりピン・ドンを入れてくれるなんて最高だよっ。通してくるね」

太夢はオーダーを通すため、奥の厨房へ向かった。ホストは全員、貝毒にやられたが、厨房のスタッフは平気らしい。ぐっすり寝ている裕也や来夢、十夢を奥の控え室に運ぶ姿が見えた。

「諒くん、ひょっとして役者の卵とか？」

美千代に上ずった声で尋ねられ、氷川は首を左右に振った。

「……いいえ」

「ミュージシャンの卵なの？　ホストには多いわよ？」

「違います」

「……あ、学生さん？」

「まさか」

「……ちょっと恥ずかしいけれど、トイレに行ってくるわね」

乾杯もまだだというのに、氷川の左隣に座っていた伊都子がトイレに向かった。美千代やほかの女性たちは不思議そうに首を傾げる。

「伊都子ちゃんってあんなにトイレが近かったかしら？」

「バルでもワインを一杯飲むたびにトイレに行っていたわよね。出てちょっと歩いただけでトイレに行きたがったわよね。ワインと冷たいジュースの飲み過ぎかしら？」

「……ああ、そういえば、伊都子ちゃん、いつもアイスミルクティーのペットボトルを持ち歩いて飲んでいたわね。ここ最近のお気に入りはアイスミルクココアよ」

「私もアイスミルクココアは好きだけど、伊都子ちゃんみたいに一時間に三本は飲まないわ」

女性たちの伊都子に関する会話を聞いただけで、氷川の脳裏には糖尿病という病名が過った。何せ、伊都子の肥満体型が尋常ではないからだ。おそらく、体重は百キロを超えているだろう。

「諒くんはスリムでいいわね」

美千代が羨ましそうに言うと、ほかのふたりの女性も相槌を打つ。伊都子のように百キロを超えてはいないだろうが、メタボリックに違いない。

「持病をお持ちですか？」

通院しているのか、と氷川はふくよかな女性客たちを眺めた。ライトがギリギリまで落とされているし、化粧が厚いから判断しづらいが、全員、顔色はよくないはずだ。氷川は女性客の手や首の色に注視した。

「諒くん、お医者さんごっこ？」

「実は内科医です」

氷川が真顔で明かすと、その場にいた女性客たちは腰をぬかさんばかりに驚いた。

「……え？　お医者さん？」

「こんなに綺麗な医者がいるわけないでしょう」

「……あ、今の医者はそうでもないのよ。美人の母親に似たイケメン医者がいるの。美人の母親はスッチーさんとか、モデルとか、アナウンサーとか、ミス日本とか、そういう女よ」

一番若そうな晴江が、昨今の医師の容姿について言及した。

「お医者さんがどうしてホスト？」

「……あ、そういえば、研修医は給料が安いって聞いた」

「僕のことではありません。皆様のことです。会社にお勤めなら、健康診断を受けていらっしゃいますよね？」

氷川が真面目な声で尋ねた時、伊都子がトイレから戻ってくる。同時に太夢がドン・ペリニヨンのロゼを手に現れた。

「お待たせ」

太夢の背後には黒服に着替えた厨房スタッフが三人、控えている。スマートな動作でテーブルにセッティングした。美千代がキープしていたボトルはヘネシーで、半分以上残っている。

「美千代ちゃん、ありがとう。今夜は特別バージョンのコールを送るね」

パッ、と店内のライトが消えて真っ暗になる。

「姐さん、シャンペンコールです。立っているだけでいいのでお願いします」

太夢に小声で囁《ささや》かれ、氷川はソファから立ち上がった。あどけない子供たちを思えば、ここで強引に帰ることができない。太夢が子供たちを愛し、必死になって育てているのはわかったから。

「太夢、高くつくぜ」

「太夢、今回だけだぞ」

いつの間に戻っていたのか、ショウや宇治の声もする。ふたりとも苦虫を嚙《か》み潰したような顔をしているが、氷川の新人ホスト化を止めようとはしない。すでに裏で話し合いがあったのだろうか。

「太夢、これで義理は返したぜ」

「太夢、アフターや同伴に使えよ」

いつ入店したのか定かではないが、一階にある焼き肉店の若い男性スタッフもズラリと並んだ。どうやら、シャンペンコールのため、太夢はなりふり構わず、若い男性を掻《か》き集《あつ》めたらしい。

パッ、と薄暗いライトが点灯するや否や、ミラーボールが回り始めた。アップテンポの音楽が大音量で流れだす。

「姫、姫、ごっつぁんです。ごっつぁん、ごっつぁん、ごっつぁんです」

太夢がマイクを持ってシャンペンコールを開始した。氷川は厨房のスタッフとともに手拍子をする。

ショウはホストのふりをして、羽根がついた扇を振り回した。なんというのだろう、眞鍋の切り込み隊長のリズム感は微妙だが、場を盛り下げたりはしない。変なリズムで場を盛り上げるから不思議だ。

宇治は仏頂面でマラカスを振っている。いたたまれないのか、氷川とは視線を合わせようとしない。

美千代さんたちにはショウくんと宇治くんがホストに見えるんだ。

ヤクザだって知らないよね。

知ったらびっくりするだろうな、と氷川はホストに扮《ふん》した眞鍋組の兵隊と女性客を交互に眺める。

「姫、何か一言」

太夢が美千代にマイクを向けた。

「太夢くんにドン・ペリのロゼをもう一本」

美千代は煽《あお》られたのか、シャンペンを追加する。

「姫、最高～っ」

太夢が声を張り上げると、さらに激しいシャンペンコールが始まった。手拍子も一段と大きくなる。

「ショウ、行くぜっ」

「おうっ、ロースとハラミ食い放題で任せろっ」

ショウと厨房スタッフは肩を組み、華麗とは言いがたいラインダンスを踊りだした。

ホストクラブ・ジュリアスのホストたちのラインダンスのほうが上手《うま》い、と氷川は駅のホームで華麗なラインダンスを披露した老舗《しにせ》ホストクラブの面々を思いだした。あれは新婚旅行出立の時のことだ。

スポッ。

ショウの靴が脱げる。

弧を描いて飛ぶ。

女性客たちは楽しそうにはしゃいだ。

氷川は目を丸くしたが、ショウはそのままラインダンスを踊り続ける。なかなかのプロ根性だ。

「諒くんも持って」

厨房のスタッフに羽根つきの扇を手渡され、氷川は戸惑いつつも受け取った。見よう見まねで振る。

声が大きいうえに早口だから、太夢くんが何を言っているのかわからない。

それでも、美千代さんは嬉しそうだな。

ほかの女性も楽しそうだ。

こんなことが楽しいのか、と氷川は羽根付きの扇を振りながらソファに座っている女性たちを観察した。

太夢は伊都子にもマイクを向けた。

「初めての姫も一言」

「諒くんにドン・ペリのＰ３」

伊都子の新人指名とオーダーに店内は沸いた。Ｐ３は評価の高いヴィンテージを二十五年以上熟成させた希少なものだ。バブル時代ならいざ知らず、そうそうオーダーが入るシャンペンではない。

「伊都子姫も最高じゃん、わっしょい、わっしょい、わっしょいーっ。姫のためならたとえ火の中、水の中、わっしょい、わっしょい、わっしょい、最高～っ」

氷川は仰天したが、口を挾《はさ》む間もない。

ポンッ、ポンッ、ポンッ、と美千代と伊都子がオーダーしたシャンペンのボトルの栓が立て続けに開けられる。

クライマックスにはクラッカーも鳴り響く。

シャンペンコールが終わり、太夢の合図で乾杯する。

氷川は太夢や厨房スタッフたちにつられるように、グラスに注がれたシャンペンを飲み干した。ショウや宇治も一気に飲んでいる。

乾杯が終われば、各自、席に着く。厨房のスタッフや焼き肉店の男性スタッフは挨拶をしてから去っていった。

ＶＩＰ席にホストは太夢ひとり。

遊び慣れた女性客が四人。

ホストのふりをしているヤクザがふたり、医師がひとり。

いったい太夢くんはどうやって誤魔化すのかな、と氷川が思った矢先。

「諒くん、本当に綺麗ね」

伊都子にうっとりとした目つきで声をかけられ、氷川はにっこりと微笑《ほほえ》んだ。そうして、気になっていることを口にしようとした。

「伊都子さん、お聞きしたいことが……」

「……あ、ごめんなさい。ちょっと待っていてね」

伊都子はグラスに注がれたドン・ペリニヨンのＰ３を飲み干した途端、ソファから立ち上がった。恥ずかしそうに、そそくさとトイレに向かう。

確実におかしい。

もっとも、氷川に話を振る余地はない。

「太夢くん、私は諒くんみたいな綺麗なホストを見たのは初めてよ。ほら、ほかにも綺麗なホストはいるけれど、メイクで作っているんでしょう」

美千代が感服したように氷川の容姿を褒め称えると、太夢は自分のことのように胸を張った。

「美千代さん、鋭い。うちの諒くんはノーメイクです。ノーメイクでこの美しさです。えげつない美貌でしょう」

「ええ、えげつない美形ね」

「俺、初めて諒くんを見た時、嘘だと思った。隣にいた某老舗グループのナンバーワンが

カスに見えたからね」

一目惚《ひとめぼ》れ、と太夢は照れたように言ってからシャンペンを飲み干す。慣れた仕草で、自分のグラスと氷川のグラスにシャンペンを注いだ。

「太夢くん、某老舗グループのナンバーワンって、ジュリアスの京介くんでしょう」

「さすが、わかりますか？　京介がカスに見えるなんて諒くんが初めてです」

テーブルの話題はもっぱら氷川の美貌とショウの食欲だ。咲子という水産加工会社の女社長がショウを気に入り、フードを次から次へとオーダーする。

「うお〜っ、肉だ。肉、肉だーっ」

ショウは目の前に並んだ肉料理に歓喜の声を上げた。叉焼《チャーシュー》に焼きギョーザにフライドチキンにミートボール。

「ショウくん、足りなかったら言ってね」

「咲子さん、ありがとうっス。ポークカツとローストビーフも食いたいっス」

ショウの辞書に遠慮という文字はなかった。ガツガツ食べながら、堂々とリクエストする。

「いいわよ」

「ありがとうっス」

「まぁ、ショウくん、元気がいいこと」

咲子はショウの食べっぷりに目を細めている。

けれども、氷川の目は曇った。

食中毒だよ。

食中毒を忘れたの？

ショウくんはここの厨房で作ったアヒージョで食中毒になったホストたちを見ているのにどうして食べられるの、と氷川は今さらながらにショウの図太い神経と丈夫な胃袋に感心する。

伊都子がトイレから戻ると、太夢がおしぼりを渡した。ホストクラブとしては当然の気配りだ。

「ごめんなさいね。歳を取るとトイレが近くなるのよ」

伊都子は恥ずかしそうに言いながら、ソファに腰を下ろす。薄暗いライトの下、氷川は内科医の目で伊都子をじっと見つめた。

「伊都子さん、正直に教えてください」

ボッ、と伊都子の頬が赤くなる。

「……やだ、諒くん、そんなに見つめないで。恥ずかしいわ」

伊都子に思春期の純情な少女のようにはにかまれ、氷川はソファから摺《ず》り落ちそうになったが、すんでのところで踏み留まる。ホストというより、男として女性に恥を掻かせてはいけない。

「……そ、そうではなくて命に関《かか》わることです」

「……いやだ、わかっているわよ。諒くんのため、リシャール・ヘネシーを入れるわ」

リシャール・ヘネシー、と伊都子が口にした瞬間、太夢の顔色が変わった。それだけ価値のあるボトルだ。

太夢が声を上げる前、氷川が慌てて制した。

「そうじゃありません。お願いですから、僕の質問に正直に答えてください」

氷川は一呼吸置いてから、真剣な顔で尋ねた。

「伊都子さん、すぐに喉《のど》が渇きますよね？」

「……ええ、そうなの。何を飲んでもすぐに喉が渇いて困っているの」

伊都子は最高級のシャンペンを水のように飲み干す。すかさず、太夢が伊都子のグラスにドン・ペリのP3を注いだ。おそらく、二本目のP3を狙《ねら》っているのだろう。

「すぐトイレに行きたくなりますよね？」

「……ええ、そうなのよ。困ったわ。会議の最中、私がトイレに行っている間に、妹婿の専務が勝手に得意先との取引中止を決めるから困ったの」

「伊都子さん、糖尿病ですね？」

氷川が医師の目で指摘すると、伊都子は驚愕したように上体を揺らした。

「……え？　違うわよぅ。ちょっと食べすぎて太っただけよ。来週からダイエットする予定なの」

　来週から痩身《そうしん》エステに通って、デトックスティーを飲んで、ダイエット食品を食べて、と伊都子は来週からのダイエットプランを口にする。

　もちろん、氷川から見れば焼け石に水の状態だ。

「すぐに病院に行って検査しましょう。明日……いいえ、今夜、それこそ、今、倒れてもおかしくない状態です」

「仕事のストレスが大きくて……心身疲労で倒れてしまうのね？　大丈夫よ、今夜は諒くんに楽しくしてもらってストレスを発散させるから」

　伊都子のストレスは周知の事実らしく、周りの女性たちは同情するように相槌を打つ。太夢もここぞとばかりに慰める。

　だが、氷川はストレスという言葉で流せなかった。内科医として、どうしたって見逃せないのだ。

「もうそんな悠長なことはしていられません。おそらく、危険な数値です。糖尿病を侮らないでください。失明したり、足を……」

　氷川の言葉を遮るように、伊都子は立ち上がった。

「ごめんなさい。ちょっと」

「トイレですね？」

「歳をとるっていやね」

「原因は歳ではありません。十中八九、糖尿病です。たぶん、脂肪肝です。このまま放置したら、間違いなく、寝たきりです」

動物性蛋白質《たんぱくしつ》の摂《と》り過ぎじゃなくて糖質と脂質の摂り過ぎ、と氷川は伊都子の体型から想像した。この場が診察室でないことがもどかしい。

「諒くんはお医者さんみたいね」

伊都子は他人事《ひとごと》のように笑いながら、トイレに早足で向かった。自分の身体がどんな危険な状態か、まったく気づいていないのだろう。……いや、気づいているが、認めたくないのかもしれない。

「諒くん、ここは女性に楽しく過ごしてもらう場所だよ」

太夢にやんわりと注意され、氷川はきつい目で言い返した。

「太夢くん、伊都子さんがここで倒れたらどうしますか？　救急車で搬送し、処置しないと危険です」

美千代が太夢の手を握り、心配そうな顔で口を挟んだ。

「諒くん、お医者さんって本当なの？」

「はい、内科医です。暴飲暴食のツケは誰であっても払わなければなりません。伊都子さんは糖尿病です。それもだいぶ危険な数値のはずです」

「伊都子さんの家系に糖尿病はいないわ」

糖尿病の要因は遺伝だけではない。氷川は凛《りん》とした態度で言い放った。

「あれだけ太っていたら関係ありません」

「諒くん、綺麗な顔をしてきついわね」

美千代に同意するように、ほかの女性たちも氷川に非難の目を向けた。この空間において、氷川はホストであり、彼女たちは姫と崇め立てられる客だ。

「このままでは取り返しのつかないことになります。寝たきりの人生はご本人もご家族も、見ているほうも辛《つら》いです」

氷川が人の命を預かる医師の目で宣言した時、伊都子がトイレから戻ってきた。例によって、太夢がスマートにおしぼりを渡す。本来、担当に指名された氷川の役割らしいが。

「お待たせ。ごめんなさいね」

「伊都子さん、一日の食事を教えていただけませんか?」

氷川が身を乗りだして聞くと、伊都子はうるさそうに手を振った。

「いやだぁ。お医者さんごっこはやめてよ」

「心配だからお聞きしているのです」

「朝は忙しいのと食欲がないから、ゼリー飲料と飲み物」

「飲み物ってアイスミルクティーやアイスミルクココアですか？」

「そうよ。今は意外なぐらい美味しいのが多いの」

典型的なNG朝食、と氷川は心の中でジャッジを出したが、ほかの女性たちは同意するように頷いている。どうも、みんな、似たり寄ったりの朝食らしい。

「お昼はどうされていますか？」

「忙しいからしょうがないのよ。お昼はだいたい会社の近くのイタリアンでパスタランチね。夜は接待やつき合いで外食が多いわ」

よりによってパスタ、やっぱりパスタ、と氷川は心の中で納得した。強制的に栄養指導を受けさせた患者にはパスタ好きが多かったのだ。

「三時のおやつだけじゃなくて間食も夜食も食べていらっしゃいますよね？」

「しょうがないでしょう。スタッフや取引先がお菓子を持ってきたら、食べないわけにはいかないわ。私がスタッフや取引先を連れてアフタヌーンティーに連れていかなきゃならない時もあるのよ」

伊都子の話に同意するように、ほかの女性たちもコクコクと頷いた。女経営者には女経営者の事情があるらしい。

「寝る二時間以内に夜食を食べていますね？」

「しょうがないでしょう。接待やつき合いで食事をすると、ストレスが溜まるのよ。家に帰ってひとりでじっくりゆっくり食べたくなるの」

がっつり夕食を食べても満足できないという。伊都子本人が主張するように、精神を磨《す》り減《へ》らすのかもしれない。氷川にしてみれば、夜食で気が晴れるとは思えないのだが。

「ひとりでじっくりゆっくり何を食べているんですか？」

「コンビニに寄るしかないのよ。しょうがないでしょう。買って帰ることが多いわね。リサーチも兼ねて、新商品のスナック菓子とかスイーツとかカップラーメンとか」

しょうがない、と伊都子の口から何度も繰り返される。彼女の言い訳に、氷川の筆で描いたような眉《まゆ》は歪んだ。

「伊都子さん、病院に行きましょう」

「大丈夫よ」

「お願いですから病院で検査をしてください。おそらく、入院することになると思いますから、その準備をしておいてください」

「大丈夫よ。それに今、入院なんかしたりしている暇はないの」

大丈夫、と軽々しく言う患者に限って危ない。患者本人、気をつけてもいない。動けなくなるまで、わからないのだ。

「お仕事と自分の命、どちらが大切ですか？」

「仕事よ」

伊都子は迷うことなく宣言した。女経営者としての並々ならぬプライドが迸《ほとばし》る。本来、称賛すべき女性だが。

「……そんなに仕事が大切ですか」

「愚問だわ」

伊都子は女王然とした態度で言い切ると、グラスに注がれたシャンペンを一気に飲み干した。

「寝たきりになっても後悔しませんか？」

「大丈夫よ。来週からダイエットするから」

せめて明日からダイエット、と氷川は心の中で注意した。来週まで、伊都子の身体が保つかわからない。

「来週からですか？」

「ウザい」

「ウザいですか？」

「もう帰るわ。新人のくせに生意気ね。ちょっと綺麗だからって、自惚《うぬぼ》れるんじゃないわ。顔だけでホストが務《つと》まると思ったら大間違いよ。まったく失礼だわ。気分が悪い」

会計してちょうだい、と伊都子は怒りながらソファから立ち上がる。そうして、一言もなく、トイレに向かった。

入店してから何度、トイレに向かう伊都子の背を見送っただろう。自然に氷川の溜め息が漏れる。

「諒くん、聞いている私たちも気分が悪いわ。今夜は楽しみにきたの。ホストクラブは病院じゃなくて楽しむところよ。ホストの仕事は客に楽しくお酒を飲ませることよ」

美千代から温和な声で注意が入ったが、氷川は詫《わ》びたりはしない。

「彼女、伊都子さんは間違いなく危険です」

氷川が内科医の目で断言すると、美千代は高らかに笑った。

「諒くんは心配性よ。私にしても伊都子ちゃんにしてもそういう生活を二十年……三十年以上続けているのよ。ピンピンしているわ」

「美千代さんも検査を受けてください」

「……あら、やだ、また薬が増えるの？」

「通院されているんですね？」

氷川が確かめるように聞いた時、けたたましい音が響き渡った。ガタッ、ガタガタガタガタッ、と。

「なんだ？」

太夢がすぐに立ち上がり、物音がしたほうに進む。

「伊都子さん？」

氷川も素早く立ち上がり、トイレに向かって走った。

果たせるかな、トイレの前に影。

それも小さな影。

男子トイレのドアの前で、来夢がズボンの前を開いている。今にもトイレのドアに向かって用を足しそうだ。

「来夢、待て。そこじゃない。トイレは中だ」

太夢は血相を変えると、来夢を抱いてトイレの中に飛び込んだ。

間一髪、間に合ったらしい。

もっとも、ほっとしたのも束《つか》の間《ま》。

「……むにゃ……お母さん……おしっこ……」

背中越しに裕也の可愛い声がして振り返った。

「……ゆ、裕也くん？」

ベルギーの小便小僧がいる。

いや、裕也がこともあろうに、大きな花台によじ登り、ズボンの前を開いている。寝ぼけているのだろう。

「……むにゃ……お母さん、おしっこなの」

「……だ、駄目ーっ」

氷川は裕也を抱えると、男子トイレに飛び込んだ。もはや、新人ホストどころの話ではない。

無事に間に合った。

氷川と太夢は安堵《あんど》の息を漏らし、男子トイレからそれぞれ男児を抱いて出る。裕也も来夢も寝息を立てているので、奥の控え室のベッドにそっと寝かせた。十夢はヒヨコのぬいぐるみとともに安らかな寝息を立てている。

「太夢くん、僕はそろそろ裕也くんを連れて帰りたい」

氷川が小声で言うと、太夢は顔の前で手を合わせた。

「姐さん、ごめんなさい。もう少しだけ」

「僕に新人ホストなんて無理です」

熱海芸妓の時、氷川は一言も喋る必要がなかった。客の隣に芸妓姿で座っているだけでよかったのだ。

しかし、今回、女性客相手のホストの場合、そういうわけにはいかない。

「客の隣に座っているだけでいい」

何も喋らないでください、と太夢は小声でポツリと零した。

「伊都子さんには言いたいことがある」

「俺も伊都子さんはヤバいと思うけど、俺も姐さんもそんな心配をしてやる必要はない。店内で倒れなきゃいいんです」

氷川が太夢と一緒に控え室を出た瞬間、ＶＩＰ席から伊都子の怒鳴り声が聞こえてきた。

「私は初回よ。初回料金でしょう。どうして、こんなに高いの？」

どうも、伊都子が厨房スタッフに激昂《げきこう》している。大粒のダイヤモンドが光る手には会計金額を綴《つづ》ったメモがあった。

「ドン・ペリのＰ３をオーダーされましたので」

厨房スタッフが言ったように、伊都子は景気よく高いシャンペンを新入りホストのために入れた。リーズナブルな初回料金ではすまない。

「……ええ、諒くんにドン・ペリのＰ３を入れたわ。でも、その諒くんにあんなひどいことを言われたの。せっかくの楽しい気分が台無しよ。どうしてくれるのっ」

「……その」

「客にこんな不愉快な思いをさせておいて、代金を取るなんておかしいでしょうっ」

「……あ、代表、お願いします」

厨房スタッフは太夢に気づくと、泣きそうな顔で会計金額を記したメモを渡した。

「伊都子ちゃん、うちは初めてだけど、ホストクラブには詳しいよね？」

太夢はこれ以上ないというくらい優しい笑顔で、伊都子の心に響くように語りかけた。今後の経営に関わるから、伊都子の要望を聞き入れるわけにはいかない。

「ええ、ちょっとは遊んでいるわ。こんなに恥を掻かされたのは初めてよ」

伊都子は仁王立ちで氷川を人差し指で差した。

もちろん、氷川は呆気《あっけ》に取られてしまう。ホストクラブに詳しいわけではないが、伊都子の主張が常軌を逸していることはわかる。けれど、太夢の態度を見る限り、よくあることなのだろうか。

「諒くんは医者なんだよ。伊都子ちゃんが心配でついつい口が過ぎたんだ。ごめんね」

「ごめんですんだら警察はいらないでしょう。美千代ちゃんの推薦を信じて、この店に来たのが馬鹿《ばか》みたいだわ」

伊都子が名を出した美千代も、トップの太夢と氷川を罵《ののし》った。

「そうよ。伊都子ちゃん、誘ってごめんなさいね。聞いている私たちも気分が悪かったわ。諒くんの教育がまだだって聞いたけど、ひどすぎるわよ。伊都子ちゃんのスタイルを馬鹿にしているようなもんじゃない」

氷川は美千代の言い草に唖然《あぜん》としたが口は挟まない。……口が挟めないのだ。その間もない。

ショウはテーブルに並んだフライドチキンやポテトを食べ続け、宇治は顰《しか》めっ面《つら》でシャンペンを飲んでいる。

「違うよ。誤解だ。伊都子ちゃんも美千代ちゃんも素敵だ。とっても素敵だから諒くんは心配しちゃったんだ。うちの新人はこう見えて優秀な内科のドクターなんだよ」

「優秀ならどうしてホストなんてしているのよ。問題を起こして飛ばされたんじゃないの？」

ふんっ、と伊都子は馬鹿にしたように鼻を鳴らした。基本的にホストという人種を見下しているような気がしないでもない。

「伊都子ちゃん、きついよぅ」

「太夢くんと話し合っても無駄ね。今回の詫びをどうしてくれるか、間に人を立てて決めるから」

伊都子が横柄な態度で第三者の介入を告げると、さすがに太夢の顔色が悪くなった。ピリッ、と空気が凍りつく。

「今回の詫びに人を立てるなんて、わざわざそんな大事にするの？」

「ここで諒くんと太夢くんに土下座して謝られても許せないもの」

土下座して詫びろ、と伊都子は言外に匂わせている。美千代やほかの女性客にしても目つきで土下座謝罪を要求した。

「伊都子ちゃん、どうしたら誤解が解けるかな」

「さっき、トイレで連絡を入れたから、そろそろ到着するはずよ。諒くんと太夢くんの土下座ぐらいじゃすまないって覚悟してね」

伊都子に般若《はんにゃ》のような顔で睨まれ、氷川は開いた口が塞《ふさ》がらなかった。ショウはフライドチキンを囓《かじ》りつつ、伊都子を威嚇するように見つめている。宇治にしてもそうだ。一般人相手だから黙っているのだろう。

しかし、そろそろ眞鍋の切り込み隊長の堪忍袋の緒が切れそうだ。

どうしよう。

伊都子さんよりショウくんが暴れだしそうで怖い。

ショウくん、お願いだから暴れないでね、と氷川は眞鍋組の鉄砲玉に向かってにっこりと微笑んだ。

もっとも、伊都子に気づかれ、火に油を注ぐ結果になる。

「新入り、ヘラヘラしている場合なの？　ここは私の前で土下座して泣きながら詫びるとこでしょうーっ」

ドンッ、と伊都子が怒りのままパンプスで床を踏みならした時、ドヤドヤドヤッ、といかにもといったチンピラが何人も入店してきた。

「……あ、やっと来てくれたのね。話をつけてちょうだい」

伊都子が尊大な態度で顎《あご》をしゃくると、チンピラたちがのっそりと近づいてきた。一瞬にして店内の空気が変わる。

「……どこの組の方かな？」

太夢が緊張した面持ちで言うや否や、ショウと宇治が氷川を庇《かば》うように動く。ふたりはそれぞれ凶器代わりになるボトルを握った。

「……ねぇ、私は組長に連絡を入れたのよ。組長はどうしたの？」

組長、という伊都子のイントネーションには威嚇が含まれていた。瞬時にショウや宇治に緊張が走る。

氷川は驚愕のあまり、尻餅《しりもち》をつきそうになった。

ヤクザ、と。こんなことでヤクザを呼びつけたのか、と。いったいどこのヤクザ、と。

眞鍋組と敵対しているヤクザだったらどうしよう、と。

清和が統べる不夜城を虎視眈々《こしたんたん》と狙っている暴力団は多い。友好的な暴力団であっても、ちょっとしたきっかけで牙《きば》を剝《む》く。

「伊都子さん、すみません。もう少ししたら来ます」

赤毛のチンピラは頭を下げたが、伊都子の態度は高圧的なままだ。

「私は組長を呼んだのよ」

「もう少し待ってください。ここは眞鍋のシマですから、挨拶を入れているんです」

組には組のつき合いがあります、とプロレスラーのような風体の男も言葉を添えた。ほかのチンピラもいっせいに頭を下げる。

「眞鍋？　その眞鍋のシマがなんだって言うの？　恥を掻かされたのはこっちよ」

「すみません……あ、来たみたいです」

赤毛のチンピラが言うや否や、階段を下りる音が聞こえてきた。そうして、体格のいい極道が乗り込んできた。

「組長、遅かったじゃないのっ」

伊都子がヒステリックに怒鳴った。

太夢が魂のない石像のように固まり、厨房スタッフは今にも倒れそうなくらい震えている。

「伊都子ちゃん、待たせたな。ここは眞鍋のシマやから挨拶しとかんとあかんのや。渡世には渡世の仁義っちゅうもんがあるんやで」

伊都子に電話で呼びだされた暴力団のトップは、桐嶋《きりしま》組の初代組長である桐嶋元紀《もとき》だ。ほかでもない、氷川の舎弟を名乗る熱い漢である。

「……き、桐嶋さん？」

氷川が上ずった声を上げると、桐嶋は仰天したらしく上体を大きく揺らした。

「……あ、姐さん？　なんで、こないなところにおるんや？」

桐嶋は早足で氷川の元に駆け寄ったが、すでに伊都子は眼中にない。お約束のように、背後から白いスーツ姿の藤堂和真《とうどうかずま》も顔を出す。

「……僕は裕也くんの保育園仲間を送ってきたんだ」

氷川が呆然《ぼうぜん》とした面持ちで告げると、桐嶋は頭を掻きながら言った。

「……お、俺は世話になった社長からＳＯＳを受けたんや。なんでも、クソ生意気なホストにえらい目に遭わされた、ってな。女を生き地獄に叩き落とすホストや、って聞いたんや……」

桐嶋の言葉を遮るように、伊都子が金切り声で口を挟んだ。

「組長、この新入りホストと知り合いなの？」

「伊都子ちゃん、新入りホストって、まさかこの白百合みたいな先生ちゃうよな？」

「この新入りホストが私を蔑《ないがし》ろにしたのよ。女の敵よ。こんなホストをのさばらせていたら泣く女が増えるわ。許せないっ」

伊都子は口汚く氷川を罵ったが、桐嶋はまったく相手にしなかった。桐嶋組の金看板を背負う男の視線は、眞鍋組の二代目姐に真《ま》っ直《す》ぐ注がれている。

「姐さん、新婚旅行でラブラブせなあかんのに、湯河原《ゆがわら》の秘境で狸《たぬき》と駆け落ちして、熱海で老狸や子狸を養うために芸者になった、って冗談みたいな話を聞いたで。芸者の次はホストなんか？　なんで、こないなところでホストをやっとんのや？　姐さんは芸者もホストもやったらあかんやろ。ましで、ここは眞鍋のシマやで。ほかのシマはもっとあかんけどな。なんでおとなしゅうできへんのや。うちのカズでも芸者とホストはせえへんけど……ああ、芸者とホストよりヤバいことをしよるけど……カズは外国に飛びだすからめっちゃあかんのやけど、姐さんみたいに新婚旅行の最中に雲隠れはせぇへん……ああ、姐さんもカズもどっちもひどい。俺は眞鍋の奴らの苦労が痛いぐらいわかんで。眞鍋の色男の苦労もようわかんで。眞鍋の奴らと俺の寿命を縮めるのは姐さんやで。この世で一番、いけずな姫は魔女ちゃうで」

桐嶋はオーバージェスチャーでつらつらと一気に捲《まく》し立《た》てたが、例によって藤堂は無言で悠然と佇《たたず》んでいる。

息つぎもせずによく一気に喋れるな、と氷川は感心するだけだ。

「組長、何を言っているのかわからないわ。このクソ生意気な新入りホストが悪いのよ。さっさと話をつけてちょうだい」

カツカツカツカツカツカツッ、と伊都子はパンプスで脅すように踏みならす。顔どころか耳や首まで赤く、額には汗が噴き出ている。

「伊都子ちゃん、あかん」

桐嶋は手で合図を送り、控えていた桐嶋組構成員たちを退店させる。眞鍋組の二代目姐に一礼してから去る組員ばかりだ。

「何が駄目なの？」

「伊都子ちゃんもわかっとうやろ。あかんわけ」

「誰も殺せとは言っていないでしょうーっ」

伊都子の凄絶な絶叫がダイヤ柄のライトを揺らした。

バタンッ。

ダイヤ柄のライトが倒れた。

……否、伊都子がその場に倒れた。

「……い、伊都子ちゃん？」

桐嶋が慌てて膝をつき、伊都子の身体を抱き上げようとした。

その瞬間、氷川は止めた。

「桐嶋さん、動かさないで」

「姐さん、伊都子ちゃんはどないしたんや？」

「たぶん、伊都子さんは糖尿病です。いつ合併症を併発してもおかしくない……救急車を呼んでください」

氷川は太夢に向かって言い放った。

けれども、美千代が真っ青な顔で止めた。

「救急車はやめてあげてちょうだい」

「美千代さん、あなたは伊都子さんの友人でしょう。命に関わります」

氷川が医師として注意すると、美千代は悲しそうに手を振った。

「友達だから救急車を呼べない事情を知っているの。今、伊都子ちゃんが救急車で搬送されたら、ここぞとばかりに妹婿の専務に会社を乗っ取られて好き放題されるわ。妹と妹婿がネックなのよ」

妹は当時苦学生だった婿と駆け落ちして、両親に勘当されて、借金塗れになって、無理《むり》心中《しんじゅう》寸前のところ、伊都子ちゃんに助けてもらったのに恩を仇《あだ》で返して、会社のスタッフも泣かせて、とほかの女性客たちが骨肉の争いを早口で語った。

当然、命を預かる氷川にとって、注視するべきことではない。

「このままでは命が危ない」

「諒くん、本当に内科医なら伊都子ちゃんを助けてあげて。そうしたら伊都子ちゃんも許してくれると思うわ……ううん、わかってくれる……わかっていると思う。諒くんが誰より、伊都子ちゃんのことを思ってくれたかって……さっきはごめんなさい。伊都子ちゃんの苦労を知っているから、私もついつい言い過ぎたわ」

神仏に対するかのように、美千代は左右の手を合わせて氷川を拝む。ほかの女性たちも顔の前で両手を合わせた。

「裏手の綾小路先生の病院に運ぼう。モグリとはいえ、ＣＴやＭＲＩとかの設備が整っている……うちは酔っぱらい対策に担架があるからノー・プロブレム」

太夢の一声で裏にある雑居ビルに運ばれることになった。意識を失った伊都子に氷川が付き添ったのは言うまでもない。

5

裏手のビルの一階は、大型のドラッグストアで処方箋《しょほうせん》も受け付けている。二階から上の階は旅行会社の看板が出ているが、すべて自費診療の綾小路《あやのこうじ》病院だ。

旅行パンフレットが並べられた受付では機械人形が挨拶《あいさつ》をしているが、手続きは取ってくれない。太夢《たいむ》がチャイムを押して来院を知らせる。担架に乗せた伊都子《いつこ》を運ぶのはショウと宇治《うじ》だ。場所柄、桐嶋《きりしま》と藤堂《とうどう》は周囲に神経を尖《とが》らせている。

なんの反応もないが、太夢はそのまま扉を潜った。

壁一面の本棚には、嘘《うそ》か真かわからない個人旅行ツアーのパンフレットがズラリと揃《そろ》えられている。天井まで届くパームツリーやイルカの置物など、南国ムードが溢《あふ》れる部屋は待合室らしく、ゆったりとした待合椅子《いす》が並んでいる。どこかのカフェと間違えるぐらい、飲み物が揃っていた。

太夢は用意されていたグアバジュースをグラスに注ぎ、ハイビスカスが飾られたテーブルに置く。

「美千代《みちよ》ちゃんたちはここで待っていてください」

太夢は女性客たちを待合椅子に座らせ、貝殻のリースが飾られたドアを開けた。氷川《ひかわ》が真っ先に入る。

その途端、顎《あご》を外した。

外したかと思った。

癖のある医師だと覚悟していた。どんなタイプの医者がいても驚かないと腹を括《くく》っていたのに。

「お帰りなさい、ご主人様」

ツインテールに白いエプロン。

逞《たくま》しいメイドに迎えられ、氷川は声を失った。

それなのに、太夢や桐嶋、藤堂はいっさい動じない。綾小路という闇《やみ》医者のメイド姿は定番なのだろうか。

「綾小路院長、急患です。お願いします」

太夢がペコリと頭を下げると、綾小路はひらひらと手を振った。

「太夢くん、また貝毒の子なの？　貝毒の子はみ〜んな、トイレとベッドの往復よ。ご主人様になってくれないの」

「綾小路院長、ご主人様なら後でいくらでも」

「また後で？　そればっかりじゃな〜い……あれ？　そのメガネっ子は眞鍋《まなべ》の姐《あね》さんじゃない？」

綾小路に視線を向けられ、氷川は我に返った。

「……は、はい」

「魔女の怒りを食らって、狸《たぬき》に取り憑《つ》かれた挙げ句、熱海《あたみ》の置屋に売り飛ばされて、芸妓《げいぎ》になったたって聞いたけど」

「……噂《うわさ》には尾鰭《おひれ》がつくんですね」

「噂以上に綺麗《きれい》ね。ムカつくわ」

綾小路に値踏みするように真上から見下ろされ、氷川は白皙《はくせき》の美貌《びぼう》を引《ひ》き攣《つ》らせた。

「綾小路院長、そんなことより、急患です」

「アタシの専門はウロよ。巨乳より巨根が好きでウロを選んだの」

綾小路が言う『ウロ』とは『泌尿器科』のことだ。どんな過去があったのか定かではないが、泌尿器科医だったのだろう。

もちろん、専門外云々《うんぬん》は無視する。

「おそらく、患者は糖尿病です。いつ合併症を起こしてもおかしくない状態です」

「デブりすぎよ。ダイエットするしかないでしょう」

綾小路は担架の伊都子を一瞥《いちべつ》すると、吐き捨てるように言い放つ。氷川にしても同じ見解なのだが。

「まず、点滴……教育入院させて、インスリン治療を開始、食事制限……っと、まず、まずは点滴です」

　さっさと急患と向き合え、氷川が急《せ》かしても綾小路はこれみよがしにツインテールを振り回すだけだ。

「アタシ、こっちの色男に針を刺したいわ」

　綾小路は桐嶋の背後にいた藤堂の肩を抱いた。

　……いや、その瞬間、藤堂はさりげなく躱《かわ》す。桐嶋が高らかに笑いながら綾小路の雄々しい肩を叩《たた》いた。

「メイドさんや、カズはお触り禁止なんや。あかんあかん。俺で我慢してぇな」

「なんだ、そっちの色男は桐嶋組長とできているのね」

「そや、俺とカズはできとんのや。金魚と金魚のフンの関係やからな。せやから、伊都子ちゃんを助けてやってぇな」

「そんなの、眞鍋の姐さんにやらせればいいでしょう。アタシは彼と別れたばかりなのよ。仕事どころじゃないのに、いきなりニンニク臭いホストを放り込まれて、トイレを占領されて、もう大変～っ」

　綾小路が忌ま忌ましそうにツインテールを振った時、メイド姿の若い男性が顔を出した。医療器具を揃えたワゴンを押しているから看護師かもしれない。

「看護師さん？」

氷川が小声で尋ねると、メイド姿の若い男性看護師はコクリと頷《うなず》いた。そうして、伊都子を白いベッドに移動させ、点滴を開始した。

氷川は数値を確認しつつ、伊都子にも注意を配る。

「ショウ、宇治、姫たちを頼む。うちにとっては大事な姫なんだ。眞鍋にみかじめ料をはらっているうちにとって大事な客は、眞鍋にとっても大事な客だよな？」

太夢の鬼気迫る指示により、ショウと宇治は待合室にいる女性客のところに行った。美千代にしろ、咲子《さきこ》にしろ、晴江《はるえ》にしろ、心細いはずだ。ホストならではの気配りかもしれない。意外にも、ショウと宇治も異論は唱えない。

そうこうしているうちに、伊都子の目がうっすらと開く。

「……え？　諒《りょう》くん？」

氷川は手袋をはめながら、伊都子を覗《のぞ》いた。

「伊都子さん、気づかれましたか？」

「……ううっ？」

伊都子は氷川やメイド姿の看護師、太夢を見回すと低く唸《うな》った。そして、慌てたように目を閉じた。

おそらく、意識を取り戻した。

けれど、いたたまれなくて目を閉じたのだろう。それで構わない。氷川は太夢と目を合わせると軽く笑った。

相変わらず、桐嶋と綾小路の話はだらだらと続いている。

「綾小路先生は彼と別れたばかりなんか。そりゃ、辛《つら》いな」

「リキに今ならまだやり直せるから戻ってきて、って伝えてよ。アタシはリキと別れる気はなかったの」

綾小路から意外な名前が飛びだし、驚いたのは氷川だけではない。桐嶋は素《す》っ頓狂《とんきょう》な声を上げた。

「……え？　綾小路先生の別れた男って眞鍋の虎《とら》かいな？」

苦行僧のようなリキは数多《あまた》の美女を遠ざけている。絶世の美男子も頑《かたく》なに拒絶していたけれども、メイド姿の雄々しい院長と愛を育《はぐく》んでいたというのか。

「そうよ。アタシとリキは愛し合っていたの。なのに、リキは素っ気なくて……ひどいわ。本当にひどい男よ」

綾小路は首からかけていたロケットペンダントを取りだした。中には眞鍋の虎の写真が収められている。

いじらしい乙女心か。

しかし、氷川は同情できなかった。どんなに妄想を逞しく働かせても、あのリキとこの院長が愛し合っていたとは思えないから。

「……きっとリキに綾小路先生とつき合っている自覚はなかったと思うで」

桐嶋があっけらかんと言うと、綾小路は欧米人のように肩を竦《すく》めた。

「桐嶋組長もそう思う？　やっぱりアタシとリキが夜明けのコーヒーを飲んだのは気のせい？」

「妄想やと思うから、ちょっくら伊都子ちゃんに点滴……っと、姐さん、さすが、もうちゃっちゃとしとうわ」

桐嶋に感服されたが、氷川は苦笑を漏らすしかない。

「アタシ、ハワイ好きの前任者からこのクソ病院を押しつけられたの。眞鍋の姐さんに譲りたいわ」

綾小路に何があったのか知らないが、好きで闇医者をしているわけではないようだ。それでも、さりげなく伊都子の数値はチェックしている。

「あかんあかん、眞鍋の白百合《しらゆり》姐さんは違法な堕胎手術はせえへん。性転換手術もしてくれへんからな」

「あら、使えない女なのね」

「ホンマに使えない女ならよかったんやけどな」

桐嶋がどこか遠い目で言うと、綾小路は乙女のように腰をくねらせた。

ガタッ、ガタガタガタガタガタッ。

綾小路は自分の幅を自覚していないのか、腰をくねくねさせて臀部《でんぶ》を医療器具に派手にぶつける。

悲鳴を上げたのは生身の院長ではなく、繊細な医療機器だ。

もっとも、察したのか、藤堂が無言で繊細な医療機器を支えた。グッジョブ、と桐嶋は指で藤堂の健闘を称《たた》える。

これらは一瞬の出来事だが、綾小路はまったく意に介していない。

「だから、アタシと一緒にメイド喫茶をしましょう」

綾小路の誘いに、桐嶋は手を振った。

「……あかん、話が支離滅裂やんか。なんで、いきなり、メイド喫茶に飛ぶんや」

「アタシはメイド喫茶のメイドさんがやりたかったのよ。なのに、どこのメイド喫茶もアタシを雇ってくれないの」

「そりゃ、そうやろ。メイドさんには厳しい条件があるんや」

「メイドさんの年齢制限がきついのよね。アタシ、研修医時代に思い切ってメイドの世界に飛び込むべきだったわ」

「歳《とし》だけちゃうで。わかっとうやろ」

桐嶋が笑いながらシビアな現実を口にしても、綾小路はめげたりはしない。

「メイド喫茶じゃなくてメイド病院にしたらいいとか、前任者の口車に乗せられたの。アタシも馬鹿《ばか》だったわ」

「まぁ、メイド喫茶も下火やからな」

根強い人気はあるけどな、と桐嶋は腕を組んだ体勢で低く唸った。桐嶋組のシマでもメイド喫茶がオープンとクローズを繰り返しているからだろう。

氷川が伊都子の点滴の状態を確認していると、ドアが物凄《ものすご》い勢いで開き、ショウの大声が響き渡った。

「吾郎《ごろう》、早く入れっ」

ショウが開けたドアから、眞鍋組の吾郎が飛び込んでくる。身体《からだ》全体で凜々《りり》しい男性を抱えていた。

「綾小路院長、魔女の呪《のろ》いです。助けてくださいっ」

清和《せいわ》の舎弟の登場に、氷川は目を瞠《みは》った。

「……え？　吾郎くん、どうしてここに？」

「……ど、ど、どうしてここで医者をしているんですか？」

「説明したら長くなるんだけど、そんな時間があるのかな？」

氷川は吾郎が抱えている若い男性に視線を止めた。まさしく、死地を彷徨《さまよ》っているような風体だ。

「助けてやってください。眞鍋の企業舎弟で働いている正輝《まさき》です」

伊都子から一番離れたベッドに正輝を寝かせたが、綾小路は依然として桐嶋相手に愚痴を零《こぼ》していた。

「綾小路院長、急患です」

氷川だけでなくメイド姿の男性看護師も急かした。

しかし、綾小路は桐嶋に抱きついて拒否した。

「アタシには休息が必要よ。毎日毎日、チンピラとホストばっかりじゃつまんないのよぅ。不法就労者もソープ嬢もデリヘル嬢もつまんないのよぅ」

綾小路の医者とは思えないセリフの羅列に、耳を傾けている間はない。氷川は真っ青な吾郎に尋ねた。

「吾郎くん、いったい何があったんですか？」

「香港《ホンコン》からスカイプで魔女……っと、祐《たすく》さんに注意されました。その直後、正輝は餅《もち》を食べ続けました」

まったくもって状況がわからない。祐が香港に渡ったのは知っている。スカイプで餅を食べろという指示を出したのだろうか。

「……お餅？」

「正輝の発注ミスで大量に餅が余ったそうです。その餅に何か変なのが入っていたんでしょうか？」

俺は食っても平気でした、と吾郎は青い顔で続けた。察するに、発注ミスの責任を追及されたのだろうか。

「お餅が喉《のど》に詰まったわけじゃないね？」

胃腸かな、と氷川は医者の目で苦しそうに身体をくの字に曲げる正輝を眺めた。顔や首に滲《にじ》み出《で》る脂汗が尋常ではない。

「はい」

「そのお餅に何をつけて食べたの？」

「正輝は醤油《しょうゆ》ときな粉と小豆あんです。俺は醤油だけです。きな粉と小豆あんを調べるべきですか？　毒物ですか？　それとも魔女の呪いですか？」

魔女の怒りに触れた、と吾郎の顔にも生気がない。

祐がその気になれば人をひとりぐらい呪い殺せるかもしれない。……が、氷川は曲がりなりにも医者だ。非科学的なものに惑わされたりはしない。

「……確認したい。吾郎くんと正輝くんはお餅をいくつ食べましたか？」

「確か、俺は十二、正輝は二十五、食いました」

想定外の餅の数に、氷川は仰《の》け反《ぞ》った。

「……え？　……お、お餅を二十五個も一気に食べたの？」

「はい」

「いくらなんでも食べ過ぎです。腸閉塞《ちょうへいそく》を起こしたんじゃないかな?」

氷川の意見に同意するように、メイド姿の男性看護師が頷いた。即座に超音波の検査で確かめる。

「……やっぱり」

お餅の食べ過ぎで腸閉塞、と氷川は呆気《あっけ》に取られた。吾郎も口をポカンと開けているが、メイド姿の男性看護師はいっさい動じない。

「昨日、ダイエットのため、ワカメともずくを大量に食べた常連のソープ嬢が運ばれてきました。よくあります」

「……ダイエットで?　……お、驚いている場合じゃないんだね?」

「はい。ダイエットのため、豆の食べ過ぎで亡くなった常連のキャバクラ嬢もいます」

「……ま、豆の食べ過ぎ?」

林檎《りんご》だの、バナナだの、こんにゃくだの、寒天だの、納豆だの、ローズヒップだの、にがりだの、キャベツだの、黒酢だの、ホットヨーグルトだの、ジュース断食だの、酵素ドリンクだの、コンブチャだの、次から次へと多種多様なダイエットが世間を賑《にぎ》わし、多くの患者が影響され、氷川は困惑したものだ。リバウンドがひどいはず、と。

「はい。ダイエットで命を落とす常連患者が多い」

「過ぎたるはなお及ばざるがごとし?」

　ワカメももずくも豆も身体にいい。毎日、清和に食べさせたい健康的な食材である。

「ここで諺《ことわざ》が出るなんて、この病院の院長になる素質があります」

「僕には無理」

　綾小路病院の常連患者と氷川の勤務先の常連患者とはまったく違う。歓楽街の闇医者と高級住宅街の総合病院では、当然といえば当然かもしれないが。

「……と、とりあえず、正輝くん、オペが必要だと思います」

　注射や点滴では一時の気休めだろう。たとえ、ここで痛み止めを打って、鎮静化させても、なんの解決も見られない。

「お願いします」

「僕は内科医です」

「俺は看護師です」

　氷川とメイド姿の男性看護師は目を合わせると、桐嶋に抱きついている綾小路を腕ずくで引《ひ》き剝《は》がした。

　けれども、綾小路はこともあろうに吾郎にしがみつく。目の前に氷川とメイド姿の男性看護師がいたというのに。

　ちゃんと抱きつく相手を選んでいるのだ。

「綾小路院長、お願いします」

「アタシは院長じゃないわ。院長は氷川諒一《りょういち》よ」

　ブチューッ。

　綾小路は隙《すき》を見て吾郎にキスをした。

「……げっ、ぎぇぇぇぇぇぇぇぇぇぇぇ〜っ」

　吾郎の絶叫が響き渡るが、綾小路の情熱的なキスは続いた。ブチュッブチュッブチュッブチューッ、と。

　今にも吾郎は彼岸の彼方《かなた》に渡ってしまいそうな風情だ。

　いったいどうしたら綾小路が急患に対峙《たいじ》してくれるのか、氷川は見当もつかない。ただ頼むだけだ。

「綾小路院長、だだをこねずにお願いします」

「今日から綾小路病院じゃなくて氷川病院よ」

　綾小路は右手で吾郎の首を拘束したまま、左手でプレートに記された『綾小路病院』を『氷川病院』に書き換えた。

「……な、何を言っているんですか」

「ここには眞鍋の奴《やつ》らもよくやってくるのよ。最近っていうか、だいぶ前から、わけのわからない魔女の呪いや核弾頭の呪いで駆け込む若い衆が多いわ。魔女の呪いも核弾頭の呪いもウザいのよっ」

きーっ、と綾小路はツインテールを振り回し、不夜城における闇医者の内情を明かした。

「とりあえず、患者さんを診てくださいっ」

「氷川院長、あなたの仕事よ」

「僕はこの病院の院長ではありませんっ」

「今日からあなたが院長」

「違いますっ」

氷川と綾小路は宿敵に巡り会ったかのように睨《にら》み合《あ》った。心なしか、部屋の温度が一気に上がったような気がする。

それまで終始無言だった藤堂が初めて艶然《えんぜん》と口を挟んだ。

「メイドさん、ご主人様がお待ちです」

鶴《つる》の一声ならぬ藤堂の一声。

ようやく、綾小路は折れた。

吾郎は本部から呼びだしがあって出ていったが、一難去ってまた一難。

波乱は続く。

「助けてくださいっ。マロンちゃんに噛《か》まれた」

頭から血をダラダラ流した中年男性が飛び込んできた。背後ではショウと宇治が深々と

WE♥
HAWAII

腰を折っている。

「今、綾小路先生はオペ中です」

氷川は動揺したが、目の前の怪我人《けがにん》を無視するわけにはいかない。何より、ショウと宇治が頭を下げている相手だ。桐嶋と藤堂も知っているらしく、礼儀正しくお辞儀をした。

「頼む、なんとかしてくれ。マロンちゃんを処分したくない」

中年男性は血とともに滝のような涙を流した。醸しだす哀愁が半端ではない。

「……どうされました？」

「マロンちゃんに噛まれた」

マロンという名前から察するに犬か、猫か、ハムスターか、そういった類《たぐ》いのペットだと思った。

「マロンちゃんとは？」

「……クロコダイル」

想定外の動物に氷川は仰け反った。

「……ク、クロコダイル？」

「そういうわけだから頼む」

こうしている間も男性からは夥《おびただ》しい血が流れている。このままでは出血多量で危ない。

内科医じゃなくて外科医になればよかった、と氷川は何度目かわからない後悔をした。

そうして、中年男性の大怪我と向き合った。

手遅れが一番怖いから。


どれくらい時が流れたのだろう。長いようで短かったかもしれない。短いようで長かったかもしれない。

クロコダイルに嚙まれて負傷した男性の治療をした後、美千代や咲子たちが診察室に入ってきた。伊都子はようやく目を開ける。

「伊都子さん、どうですか？」

氷川が容態を確かめるように見つめると、伊都子はシニカルに口元を歪《ゆが》めた。

「諒くんは本当にお医者さんだったのね」

「はい。内科医です」

「私はどうなるの？」

「伊都子さん次第でどうにでもなれますよ。今のままの生活を続ければ、残念ですが、寝たきりの生活が始まるでしょう。食生活を改め、瘦《や》せれば、今以上に活躍できる日々が始まるでしょう」

氷川が切々とした調子で言うと、伊都子は大きな溜《た》め息《いき》をついた。

「今、ここで私が入院したら妹婿に会社を乗っ取られるわ。社員が路頭に迷う」

桐嶋や藤堂が伊都子の一声で馳《は》せ参《さん》じたのだから、経営者としては優秀なのだろう。それは氷川もなんとなくわかる。

「このまま放置したら、次、いつどこで倒れられるかわかりません。大切な取引先の前で倒れたら大変だと思いますが？」

「私は自分の命より父から受け継いだ会社が大切なの」

自分の命と父親から受け継いだ会社、伊都子は天秤《てんびん》にかけた。強がっている気配はまったくない。

「たいしたものです」

「皮肉？」

「命より仕事が大切だ、と仰《おっしゃ》って仕事を続けて、亡くなった患者さんを何人も見送りました。僕は医者として辛かった。落ち込んだ。けれど、それが患者さんにとっては幸せだったんでしょうか？」

医師も悩んでいるんです、と氷川は沈痛な面持ちで医療業界の苦悩を明かした。どんなベテラン医師も命より仕事を選ぶ患者には参る。

桐嶋や藤堂は一言も発せず、静かに控えているだけだが、美千代が泣きそうな顔で口を挟んだ。

「伊都子ちゃんの馬鹿っ、死んだら元も子もないでしょう。寝たきりになったら、旅行もミュージカルも歌舞伎《かぶき》も食べ歩きもブッフェも行けないのよ」

美千代が大粒の涙をポロリと零すと、咲子も甲高い涙声で言い放った。

「そうよ。とりあえず、入院して身体を治してちょうだい。伊都子ちゃんの入院中、私たちもバックアップする。営業部長を後押しして、妹婿の暴走を止めるから任せてーっ」

「伊都子ちゃん、会社のスタッフはみんな、伊都子ちゃんが頼りなのよ。わかっているわよね」

女友達がいっせいに声を立てて泣きだすと、さすがの伊都子も観念したようだ。潤んだ目で真実を吐露した。

「……実は春の健康診断で引っかかって再検査したの。諒くんと同じことを言われて、入院を勧められたけど逃げたのよ」

「即刻、入院してください」

氷川が真摯《しんし》な目で言い切ると、伊都子は力のない声で承諾した。

「わかったわ」

「今すぐ救急車で搬送してもいいですか?」

伊都子のことだから途中で心変わりするかもしれない。氷川は研修医時代も含めた過去の経験から、伊都子を確実に入院させたかった。土壇場になって、入院から逃げる患者が少なくなかったのだ。音信不通になったと思えば、悲しい訃報《ふほう》が届いたケースが多い。

「ここは闇医者なんでしょう」

氷川が意見を求めるように、メイド姿の男性看護師に視線を流す。果たせるかな、メイド姿の男性看護師はにっこりと微笑《ほほえ》んだ。

「いくらでもやりようがあります。心配しないでください」

すかさず、太夢が真剣な顔で提案した。

「……いや、伊都子さんにも準備があるだろう。身体が大丈夫なら、一度、自宅に帰って準備をして、それから入院したほうがいいんじゃないかな？」

「伊都子さん、自宅に戻ったら病院を忘れてしまいませんか？」

氷川が一抹の疑念を口にすると、太夢が任せろとばかりに胸を叩いた。

「わかった。俺がここから伊都子さんを送っていく。入院手続きをして、入院するまで見届けるよ」

帰ってくるまで来夢《らいむ》と十夢《とむ》を頼みます、と太夢は息子たちを氷川に託す。軽薄そうに見えるが、二児の父親であることは間違いない。

「太夢ちゃんや、俺が車を出すわ。伊都子ちゃんにはカズの仕事で世話になっとんのや。任せてぇな」

桐嶋が特注のワゴン車を用意し、伊都子を搬送すると請け合った。藤堂も艶然と微笑みかける。万事任せてください、と。

「太夢くん、元紀《もとき》くん、私たちも伊都子ちゃんの入院まで付き添うわ。ありがとう。だから、太夢くんが好きよ。元紀くんもヤクザだから怖いけど好きよ。藤堂くんは貢ぎたいぐらい好きよ」

美千代が感涙したように言うと、周りの女性たちも同意するように相槌《あいづち》を打った。

「ついでに言うと、今夜のうちの料金はいりません。俺の奢《おご》りです」

無用、と太夢は気障《きざ》な手振りをする。生き馬の目を抜く業界で、太夢が店を構えられる所以《ゆえん》だ。桐嶋は称えるように口笛を吹いたが、美千代は首を振った。

「太夢くん、そういうわけにはいかないわよ」

「そうよ、太夢くん、私が綺麗な新入りを気に入ってP3を入れたの。払わせてちょうだい」

伊都子は太夢に向かって言ってから、氷川を真《ま》っ直《す》ぐに見つめた。

「諒くん、私が悪かったわ。諒くんが私のために言ってくれていることは、ちゃんとわかっていたの。でも、怖かったの。怖くて病院に行きたくなかったの。本当に私って馬鹿よね。ごめんなさい」

伊都子の素直な謝辞に、氷川の心は和んだ。

「伊都子さん、いいんです。僕は患者さんが不安になる気持ちを失念していました。病名を知るのが怖くて病院から逃げる患者さんは多いのです。僕たち医療従事者にも問題があると思います」

「……本当に優しいのね。ありがとう」

「僕は伊都子さんに健康で元気でいてほしい。それだけです」

伊都子の目から大粒の涙がとめどもなく溢れ、管が通された腕を伸ばした。氷川の手を握るために。

氷川に伊都子の手を拒む気は毛頭ない。ありったけの思いを込め、その手を優しく握り返した。

6

桐嶋《きりしま》と藤堂《とうどう》のみならず太夢《たいむ》や美千代《みちよ》たちに付き添われ、伊都子《いっこ》は綾小路《あやのこうじ》病院から出ていった。氷川《ひかわ》も宇治《うじ》やショウとともに立ち去ろうとした。

……が、立ち去ることができない。

ほかでもない、次から次へと患者が運ばれてくるからだ。もはやツインテールのメイド院長だけでは回らない。

「頭が痛い？　そんなの、そっちの新入り院長に診てもらって」

綾小路から問答無用で患者を回され、メイド姿の男性看護師に有無を言わせぬ迫力で押し切られる。

「……ちょ、ちょっと、僕が新入り院長？」

歌舞伎町《かぶきちょう》で新人ホストになったと思ったら新入り院長になった。氷川自身、何がなんだかわからない。それでも、目の前に苦しむ患者がいたら無視できない。

「どうされたんですか？」

氷川が温和な声音で尋ねると、派手な若い美女は頭を押さえながら答えた。

「お酒を飲んだら頭が割れるように痛くて」

の酒豪よ」

「私はお酒には強いんです。ビールも焼酎《しょうちゅう》も日本酒も洋酒もなんでもＯＫなの。店一番の酒豪よ」

遊びに来てね、と派手な若い美女からキャバクラの名刺を手渡された。源氏名は『ローラ』だし、綾小路病院の電子カルテにも『ローラ』と記されていた。

「どんなお酒ですか？」

「チンピラが特別カクテルって言ったお酒……一口飲んだ途端、目が回るし、吐き気がするし……」

ローラは肩と臍《へそ》が見えるシャツと、真っ赤なミニスカートを身につけている。ちょっとした拍子に際どいところが露《あらわ》になった。

「点滴を打ちましょう。ゴムのアレルギーはありますか？」

「ないわ」

「腕に力を入れてください。チクッ、とします」

氷川はローラの腕に点滴の針を刺した。

「……上手《うま》いわね。痛くない」

「よかったです」

氷川はにっこり微笑《ほほえ》むと、点滴を開始する。メイド姿の男性看護師も氷川の針を刺す上手さに感服しているようだ。

「……ねぇ、どうして私は急に頭が痛くなったの？」

「そのお酒に何か混ぜられていたのかもしれませんね」

ローラの容態と話を合わせて考えれば、答えはひとつしかない。氷川が穏やかな声で告げると、ローラの顔が般若《はんにゃ》と化した。

「……さっき……ラブホに連れ込まれそうになったから、蹴《け》り飛ばして逃げてきた……で、ここに飛び込んだの……あいつ……殺してやる……」

「どんなに腹が立っても殺してはいけません」

氷川が真剣な顔で注意すると、ローラは壁際で用心棒の如《ごと》く立っているショウと宇治に視線を止めた。

「……あ、ショウよね？　眞鍋《まなべ》組のショウよね？」

ローラに声をかけられ、ショウは手を上げた。

「久しぶり、ローラちゃん」

「ショウ、フリードリヒの徹二《てつじ》をシメて」

私に一服盛ってヤろうとした、とローラは般若のような顔で続けた。金ラメの財布を取りだし、一万円札を五枚、強引にショウの手に握らせる。

どうやら復讐《ふくしゅう》の依頼料だ。

「ローラちゃんのお願いなら無視できないな」

ショウが五万円であっさり引き受けようとしたので、氷川は目を吊《つ》り上《あ》げて怒った。

「ショウくん、許しませんっ」

氷川の言葉に応じるように、宇治がショウを諫《いさ》める。ローラは渋々といった調子でショウに対する依頼を引っ込めた。

まったくもって気が抜けない。

ローラの点滴が終わらない間に、新たな患者が回される。髭《ひげ》のそり跡がやたらに濃い若い男性だ。

電子カルテの名前欄には『ユーリ』と記されている。職業は『愛人』だ。

「新米先生、陣痛です」

ユーリの訴えを聞いた瞬間、ぶはっ、と背後のショウが噴きだした。宇治は苦しそうに口を押さえている。

氷川は全精力を傾け、笑いを堪えた。

「陣痛ですか？　母子手帳はお持ちですか？」

「母子手帳をくれなかった」

「破水はまだですね。破水してから産婦人科に行ってください」

「ちょっと、そうやって追い払うつもりか？　この子の父親は指定暴力団・眞鍋組の二代目組長だぜっ」

眞鍋組の二代目組長？

僕の清和《せいわ》くん？

僕の清和くんの愛人だって言うの、と氷川は怒りで椅子《いす》から立ち上がりそうになった。

……が、すんでのところで思い留まった。

「……そうなんですか？　眞鍋組の橘高《きったか》清和くんの子供を妊娠しているのですか？」

「そうだ。眞鍋の二代目はホモなんだ。かつて歌舞伎町一の美人を捨てて男の姐《あね》さんを迎えたんだよ。俺は二代目の愛人」

ユーリが言った通り、不夜城の覇者は華やかな美女を捨て、十歳年上の同性の幼馴染《おさななじ》みを姐として迎えた。前代未聞の珍事なんてものではない。

「眞鍋の橘高清和くんに男の愛人がいるとは知りませんでした」

「眞鍋の二代目とはステーキ仲間だったけど、ステーキと焼き肉のはしごの後にラブホに流れたんだ」

ステーキと焼き肉のはしごがやけにシュールだ。氷川が健康を第一に掲げた手料理に文句は言わないが、陰で大好物を食べていることは気づいていた。

「そうですか。ステーキと焼き肉のはしごの後にラブホテルですか」

「二代目の姐さんが鬼ババアより恐ろしい鬼ババアみたいで……って、あれ？　ショウと宇治？　……あ、あれ？」

　ユーリは壁際で仏像と化している清和の舎弟たちに気づいた。そうして、まじまじと氷川の顔を眺めた。

「橘高清和くんについて貴重なお話を聞かせていただきました。陣痛は治まりましたね？」

　氷川は医師として対峙《たいじ》した。

　……つもりだったが、背後には鬼子母神を従えていた。轟々《ごうごう》と燃え盛る灼熱《しゃくねつ》の炎とともに。

「……ひっ」

　ショウと宇治が同時に低い悲鳴を零《こぼ》す。

　それがきっかけでユーリは氷川の素性に気づいたらしい。瞬く間に、血色のよかった顔が青くなった。

「……あ、魔女と張り合う鬼ババア？」

　陣痛が終わりましたーっ、とユーリは真っ青な顔で叫ぶと、逃げるように診察室から出ていった。

　一瞬、珍妙な沈黙が流れる。

　もっとも、ほかでもない氷川がすぐに静寂を破った。

「ショウくん、宇治くん、どういうこと？」

「……眞鍋のシマでは野菜をステーキと言って、豆腐を焼き肉と言います。これはいわゆるひとつのヤクザ語っス」

ショウは死人より死人らしい顔で不夜城の隠語を明かした。宇治は今にも倒れそうな顔で壁によりかかる。

「そんな馬鹿《ばか》なことがあるわけないでしょう……って、そっちじゃない。そっちは後、先に清和くんの愛人について聞きたい」

くわっ、と氷川が牙《きば》を剝《む》いた。

「今の奴《やつ》は愛人じゃねぇっス」

「清和くんの子供を妊娠したんでしょう？」

「あいつが妊娠するわけねぇっス」

「清和くんの子を想像妊娠したんでしょう？」

なんの関係もないのに想像妊娠するものだろうか、と氷川は灼熱の炎を纏《まと》いながら詰め寄った。

「姐さん、そろそろ帰るっス」

ここにいたらロクなことにならねぇ、とショウの顔が雄弁に語っている。宇治がそそくさとドアを開けた。

その瞬間、マタニティ姿の若い妊婦が飛び込んできた。

「陣痛なの。破水したの。眞鍋組の二代目組長の子よ。産ませて」

ピリリリリリッ。

一瞬にして、宇治が氷の兵隊と化した。同時にショウも氷川の隣でカチンコチンに固まった。

ふたりともユーリの時とは緊迫感が違う。

「お名前は？」

氷川は持てる理性を振り絞り、冷静に名を尋ねた。

「レモンよ。私は清和くんのためになんでもしてあげるの。清和くんの魔女より怖い姐さんが赤ちゃんを産めないから、レモンちゃんが産んであげるの」

レモン、という名には覚えがある。かつて『清和くんにはなんでもしてあげるレモンちゃん』という手書きメッセージ付きの名刺を清和のスーツのポケットで発見した。名刺を黒焦げにしても無駄だった。後日、レモンはステーキハウスで清和に張りついていたのだ。彼女には複雑な思いがある。

「どうされました？」

氷川は全身全霊をかけ、自分を抑え込んだ。天と地がひっくり返っても、妊婦に感情を爆発させてはいけない。

「清和くんの赤ちゃんが生まれるわっ」

レモンはぽっこりと膨らんだ腹部を手で摩《さす》った。

「レモン、この馬鹿野郎ーっ」

ショウは大声で怒鳴ったが、レモンはまったく怯《おび》えない。ただただ腹部を守るように押さえている。

「ショウくん？　清和くんの赤ちゃんが産まれるの。迷惑はかけないから産ませてちょうだいっ」

「二代目の子供じゃねぇだろーっ」

「清和くんの子よ。絶対に清和くんの子よ。命を賭《か》けてもいいわーっ」

「二代目の子だったら俺は一生、ニンニクもギョーザも食わねぇーっ。賭けてもいいーっ」

レモンの絶叫に対し、ショウは怒髪天を衝《つ》いたが、氷川は医師の目で冷静に確認した。

「レモンさん、破水した、って先ほど、仰《おっしゃ》いましたよね？」

「そうよ。破水したわ」

「……お元気ですね？」

破水して、陣痛に苦しめられている妊婦ならば、ヤクザ相手に激しく言い合う余裕はないはずだ。専門外だから、自信はないが、どうにも腑《ふ》に落ちない。

「元気じゃないわ。赤ちゃんが生まれるの。ずっと苦しいのよ」

「レモンさん、まず胎児がどうなっているか調べましょう」

レモンは言われるがまま診察台に横たわった。そうして、氷川がモニターに映る胎児を確認する。

「……え？」

予想だにしていなかった症状に、氷川は声を上げてしまった。

「……いやっ、レモンちゃんと清和くんの赤ちゃんが死んじゃったの？　生きているわよね？」

レモンの涙腺《るいせん》が崩壊し、滝のような涙が流れる。バタバタバタバタバタッ、と足をバタつかせた。

「レモンさん、産婦人科で妊娠を確かめましたか？」

氷川が確かめるように聞くと、レモンは嗚咽《おえつ》を零しながら答えた。

「……ぐすっ……レモンちゃんはね、ママのせいで普通の病院にかかれないの。ここにずっとかかっているわ」

「綾小路院長から妊娠を告げられましたか？」

「綾小路院長はリキくんにフラれて腐っていたから診てくれなかったの」

「レモンさんは妊娠していません」

氷川はこれ以上ないというくらい真剣な顔で断言した。

けれども、レモンはぽっこりと膨れ上がった腹部を手で指しながら叫んだ。

「じゃあ、どうしてこんなにお腹《なか》がぽっこり大きくなるのよ。赤ちゃんがいるからでしょうーっ」

「便秘です」

氷川がズバリと言い切った瞬間、背後のショウと宇治がへなへな～っ、とその場にへたり込んだ。

「……便秘？　うんち？」

レモンは豆鉄砲を食らった鳩《はと》のような顔をしている。

「そうです。長い間、お通じがありませんね？」

レモンの顔に吹き出物がポツポツと出ているが、原因はひどい便秘だろう。肌もくすんでいる。

「……清和くんの赤ちゃんじゃなくて清和くんのうんち？」

「整腸剤を出しておきます。お通じにいい食材を摂《と》るように心がけてください」

便秘だと知らず、救急車で搬送されてくる女性患者は意外なくらい多い。ひどい便秘で命を落としたケースも聞いた。

「……えぇーっ？　清和くんの赤ちゃんじゃないのぅ？　清和くんのうんちなの？」

「レモン、二代目のうんちじゃねぇ。キサマのうんちだーっ」

ショウの絶叫が響き渡った瞬間、黒ずくめの男たちが飛び込んできた。それぞれ、手には拳銃《けんじゅう》を持っている。

モデルガンではない。

本物の銃だ。

「……おい、殺されたくなければ金を出せ」

一番体格のいい男が、氷川に銃口を向けた。

氷川はその場に立《た》ち竦《すく》む。

さすがにレモンも診察台で命のない人形のように固まる。メイド姿の男性看護師やツインテールの院長も動かない。

「おい、金だ。金を出せ。金がなければシャブを出せ」

ボカッ。

ショウは手を上げるふりをして、一番体格のいい男を蹴り飛ばした。間髪入れず、宇治もほかの黒ずくめの男たちを殴り飛ばす。

目にも留まらぬ速さ。

眞鍋の精鋭が黒ずくめの男たちを制圧するのに、十秒もかからなかっただろう。氷川は瞬きする間もなかった。

「……姐さん、俺たちはこいつらを本部に突きだしてきます」

宇治は失神した男たちを両脇《りょうわき》に抱え、診察室から出ていった。ショウにしてもそうだ。まるで台風が通過したような気分だ。

「……いったい？」

氷川が呆然《ぼうぜん》とすると、綾小路は肩を竦めた。

「一日に一度は変な奴らの襲撃を受けるのよ。いい加減、いやになるわ」

正常な神経の持ち主なら、不夜城の闇《やみ》医者は務まらないだろう。南国趣味だったという前任者が、ツインテールのメイド医師に後継を任せた理由がよくわかる。

「大変ですね」

「眞鍋の姐さんが院長なら、眞鍋の兵隊が護衛してくれるから平気でしょう。院長の座を譲るからね」

「お断りします」

氷川が毅然《きぜん》とした態度で拒絶した時、レモンが診察台から勢いよく飛び上がった。

「……あ、どこかで見たと思ったら、新米医師は眞鍋の姐さんなの？」

ようやく、レモンは氷川が眞鍋組の二代目姐であると思いだしたらしい。一瞬にして、顔色が変わった。

「はい。つい先日、眞鍋組の二代目組長である橘高清和と結婚式を挙げました」

想像を絶する出来事の連続だったが、氷川は愛《いと》しい男と教会で式を挙げた。披露宴も開き、祝福してもらったのだ。

相手が誰であれ、愛しい男を譲る気はない。

「……ひっ……唯一、魔女と張り合う鬼ババアの姐さんね？」

いやーっ、とレモンはハイヒールを履かず、裸足《はだし》で逃げていった。あれほど、清和に対する愛を連呼していたというのに。

バンッ、と物凄《ものすご》い音を立てて診察室のドアを閉める。

「……ど、どういうこと？」

あまりの呆気《あっけ》なさに、氷川は呆然としてしまう。いざとなれば、愛しい男を巡ってレモンと戦わなければならないと覚悟していたが。

「あの眞鍋の魔女に対抗できるのが姐さんしかいないのよ。おとなしそうな顔をしてすごいわね」

綾小路に尊敬の眼《め》を向けられ、氷川は清楚《せいそ》な美貌《びぼう》を曇らせた。

「そういう理由で？　僕は鬼ババアなんですね？」

「鬼ババアには清和クンに相手にしてもらえない女のやっかみも込められているのよ。甘んじて受け取りなさいな」

「レモンさんは聞き捨てならないことを言っていました」

氷川が静かに嫉妬《しっと》の炎を燃やした時、天使が舞い降りた。……いや、目の中に入れてもいたくない裕也《ゆうや》が現れた。

「お母さん～っ、探したんだよ～っ」

ドスッ。

裕也に物凄い勢いで飛びかかられ、氷川は渾身《こんしん》の力を込めて踏み留まる。医療器具を巻き添えにして倒れるわけにはいかない。

痛い。

男の子は痛い。

だが、口には出さない。

「……ゆ、裕也くん、ごめんね……」

氷川は真っ赤な顔で怒っている裕也を抱き締めた。

「お母さん、ママみたいに僕を置いていっちゃいやだーっ」

スリスリスリスリッ、と裕也は甘えるように氷川の胸に顔を擦りつける。最愛の実母を亡くしたショックは癒《い》えていない。

「ごめん、ごめん、ごめんね。お仕事をしていたんだよ」

「お母さんのお仕事は清和兄ちゃんをいじめることだよね」

「違うよ」

「お母さんのお仕事はお祖父《じい》ちゃんと安部《あべ》のおじちゃんの心臓を止めること」

「違うからね」

氷川が引《ひ》き攣《つ》り笑顔で裕也の頭を撫《な》で回《まわ》していると、ホストクラブ・ダイヤドリームの厨房《ちゅうぼう》スタッフが十夢《とむ》を抱いて現れた。背後にはヒヨコのぬいぐるみを抱えた来夢《らいむ》もいる。

「諒《りょう》くん、そういうことですからお願いします」

ドサッ、と厨房スタッフは荷物のように、赤ん坊を診察台に載せた。そうして、止める間もなく去ってしまう。

「裕也くんと裕也くんのお母さんと一緒に遊べ、ってパパから電話があった。お母さんお母さん、って裕也くんが泣いたから来たの」

来夢が舌足らずな声で言うと、裕也は恥ずかしそうに唇を尖《とが》らせた。

「僕は泣いていない。お母さんがいないから心配したんだ。お母さんが狸《たぬき》聖人に捕まったから助けに来たの」

裕也は甘えるだけ甘えると、氷川から勢いよくぴょんっ、と離れた。ダダダダダダダッ、と来夢と元気よく走りだす。

「裕也くん、来夢くん、ここは病院です。走り回ってはいけませんっ」

氷川の注意はやんちゃ坊主にはまったく届かない。そのうえ、診察台にいる十夢がぐずりだした。

「……ママ、ママ、ばぶばぶっばぶばぶばぶぶぶっばぶっばぶーっ」

「十夢くん、どうしたの？」

オムツかな、ミルクかな、と氷川はぐずる赤ん坊のむっちりとした臀部《でんぶ》を確かめる。オムツではない。

「……ママ、マンマ、ばぶーっ」

「ミルクかな？」

氷川は厨房スタッフが置いていったマザーズバッグからミルクを取りだした。けれど、ミルクは一口飲んだだけだ。

「……マンマ、マンマ、ばぶばぶばぶっばぶばぶぶぶっばぶっばぶーっ」

「オムツでもないし、ミルクでもないのか」

氷川は優しく十夢を抱き、あやしだした。

ピタリ、と赤ん坊のむずがる声が止まる。

「氷川院長、患者さんが待っています。赤ちゃんを背負って診察してください」

スッ、とメイド姿の男性看護師がだっこ紐《ひも》をマザーズバッグから取りだす。待合室から甲高い悲鳴が聞こえてきた。

「無理です。僕は子供たちを連れて帰る……って、僕は院長じゃないから」

目の前ではやんちゃ坊主コンビが、医療機器の間を走り回っている。点滴中の患者がいるというのに。

ツインテールの院長は注意するどころか、一緒になってはしゃいだ。どうやら、院長が悪の帝国の女帝らしい。

「女帝め、レッドマンキックーっ」

裕也の必殺技がいつにも増して激しいが、ツインテールの院長は華麗に躱《かわ》す。なかなかの反射神経だ。

「アタシを倒そうなんて百年早いわっ」

ほほほほほほほほほほほ〜っ、という高笑いもやけに堂に入っていた。まさしく、水を得た魚のようだ。

俄然《がぜん》、裕也と来夢は勢い込む。とても楽しそうだが、とても危ない。氷川は止めたいが、二匹のやんちゃ坊主を止められない。

何より、目の前ではメイド姿の男性看護師が切羽詰まった形相で拝んでくる。

「あともうひとり」

「あとひとりだけですよ」

氷川は十夢を背負ったまま、若い男性患者を診察した。急性アルコール中毒の患者だ。診察台の下に潜り込んだと思ったら、駄々っ子のようにごねて出てこない。しかし、メイド姿の男性看護師はいっさい動じなかった。凄《すさ》まじい力で引きずりだし、診察台に乗せる。ボンッ、と。

「……酒臭い」

氷川は急性アルコール中毒の患者に噎《む》せ返《かえ》りながら、必死になって処置を施した。ここが明和《めいわ》病院ならば、この時点で入院手続きを取っている。もしくは、専門病院に搬送しているだろう。

「子供の教育上、とても悪いので帰ります」

これ以上は無理、と氷川は力んだ。

「あともうひとり」

「先ほども言いましたよね？」

「お願いします。あともうひとり。苦しそうなんです」

患者が苦しんでいると聞けば、氷川はどうしたって弱くなる。やんちゃ坊主たちは綾小路と遊んでいるし、背中の赤ん坊も機嫌良く手足をバタつかせているから、あとひとりぐらいは診察できるかもしれない。

「……あともうひとりだけですよ」

「お願いします。新患です」

氷川は赤ん坊を背負ったまま、新患だという苦しそうな男性患者を診る。付き添いの美青年に見覚えがあった。

「……え？　毎日サービスの日枝夏目《ひえなつめ》くん？」

付き添いの端麗な青年は、清水谷《しみずだに》学園大学を卒業していながら、なんでも屋を友人と営んでいる日枝夏目だ。些《いささ》か語弊があるかもしれないが、氷川に実の両親を教えてくれたような存在である。

「……ええ？　眞鍋の姐さん？　明和病院の氷川先生がどうして？　今、新婚旅行中じゃないんですか？」

夏目はよほど驚愕《きょうがく》したらしく、支えていた患者を床に落とした。

バタッ、と。

「……うううう……夏目……」

帽子が外れ、氷川の知る顔が現れた。

夏目の仕事上の相棒である毎日サービスの香取浩太郎《かとりこうたろう》だ。苦しそうに固い床で呻《うめ》いている。

「……新婚旅行が予期せぬ狸に……じゃなくて、お土産がある……でもなくて、夏目くんこそ、どうしました？」

氷川は慌てて浩太郎に近寄った。

しかし、夏目は嬉々《きき》とした顔でガッツポーズを取った。

「いいところで会いました。聞いてください。白百合《しらゆり》に捧《ささ》げる魔女シリーズは俺と信司《しんじ》で着々と進んでいます」

毎日サービスの夏目と眞鍋組の摩訶不思議《まかふしぎ》の冠を被《かぶ》る信司により、魔女シリーズというプロジェクトは進んでいる。氷川も試作品を食べ、その味を確かめたばかりだ。意外なくらい美味《おい》しかった。

「……ああ、魔女シリーズのローストビーフやロールキャベツですね？」

「信司と何度も話し合って、祐《たすく》の意見も聞いて、肉加工品だけじゃなくて魚介類も扱うことになったんです。浩太郎に牡蠣《かき》の加工品の試食をさせたらおかしくなった」

牡蠣、と夏目の口からあっけらかんと飛びだした時、浩太郎は無間地獄の亡者のような声を漏らした。

それで氷川はわかる。

今日、ホストクラブ・ダイヤドリームのホストたちを潰《つぶ》したのは貝毒だ。今でもホストたちがトイレとベッドの往復をしていることは間違いない。

「……あ、牡蠣？　牡蠣にあたったのかな？」

氷川は浩太郎と夏目を交互に眺めながら言った。

「俺と信司は食べても平気でした。つわりじゃないんですね？」

「……つわり？　どうして浩太郎くんがつわり？」

「つわりだ、って信司が言った」

信司ほど重症ではないかもしれないが、夏目も端麗な容姿を裏切る頭脳の持ち主だ。浩太郎の性別を忘れているとは思えないが。

ぬぉぉぉぉぉぉぉ〜っ、と浩太郎が何かを訴えるかのように、氷川に向かって汗で滲《にじ》んだ手を伸ばした。

わかっています。

つわりじゃないってわかっていますから安心してください、と氷川は浩太郎に優しく囁《ささや》いてから夏目を見つめた。

「信司くんの意見を真に受けないでほしい。牡蠣のロシアンルーレットに浩太郎くんがあたったようです」

「祐の提案で牡蠣を魔女シリーズのラインナップに加えようとしたけど、魔女の呪《のろ》いを受けるようならやめたほうがいいですよね」

夏目の頭の中は魔女シリーズで占められているようだ。床では仕事上のパートナーがのたうち回っているというのに。

「夏目くん、とりあえず、浩太郎くんを診察台に寝かせてください。手を貸して」

赤ん坊を背負った状態で、大柄な浩太郎を運べない。

「こいつ、太ったんですよ。牡蠣ダイエットで痩《や》せるかな」

「……牡蠣ダイエット？」

「牡蠣ダイエットですよね？」

「痩せるとわかっていても、牡蠣ダイエットをしたがる人はいないと思います」

氷川と夏目はふたりがかりで浩太郎を診察台に乗せた。そうして、氷川は浩太郎に点滴を打った。

改めて貝毒の凄まじさを目の当たりにする。

「……あ、姐さん、俺は熱海《あたみ》の海に誓う……」

「浩太郎さん？　はい、熱海の海に何を誓うんですか？」

「……お、俺は絶対に……二度と牡蠣は食わない……夏目と信司のアホミス……」

浩太郎の鬼気迫る誓いを聞き、氷川も心の中で熱海の海に固く誓った。今後、貝を食べる時は覚悟する、と。

7

約束では浩太郎《こうたろう》が最後の患者だったのに、次から次へと氷川《ひかわ》に患者を回される。いつの間にか、氷川の了解なく『綾小路病院《あやのこうじ》』のプレートが『氷川病院』に替わっているが、裕也《ゆうや》と来夢《らいむ》の保育園仲間が駆け込んでくるから逃げられなかった。

「……あ、お母さん、麻耶《まや》くんだよっ」

裕也と来夢は保育園仲間の愛らしい男児に歓喜の声を上げた。氷川も結婚式で踊ってくれた男児だから見覚えがある。

「……裕也くんのお母さん、麻耶くんだよーっ」

「麻耶くん？　どこか痛いの？」

氷川はチョコチョコと歩いてくる男児に優しく尋ねた。見たところ、元気そうだが、子供はわからない。そもそも、保護者が見当たらない。

「パパ、天国に行った」

麻耶の言葉に氷川は驚愕《きょうがく》で目を瞠《みは》った。

「……え？　パパが天国に行っちゃったの？」

「裕也くんのお母さん、ライオンより強いって聞いた。パパを助けて」

「……いったい何があったのかな？」

「裕也くんのお母さん、こっち」

麻耶に手を引かれ、氷川は診察室から出た。そうして、南国風の待合室の床で、大の字になって寝ている青年を見た。エレベーターの前では、イタリア製の革靴とネクタイが落ちている。

「……え？　麻耶くんのパパ？」

結婚式、保育園仲間の保護者の一団にいた青年だ。ゲイ夫婦と並んで、誰よりも大きな拍手を送ってくれた。

「うん、僕のパパ、天国でおねんね」

「……酒臭い」

氷川が顔を歪《ゆが》めると、裕也と来夢が床で潰《つぶ》れている青年に勢いよくダイビングした。ポンポンッ、と。

「……ふぐっ」

氷川が怒る間もなく、麻耶まで自分の父親に飛び乗る。ポンッ、とそれはそれは元気よく。

「パパ、起きて〜っ」

哀れ、酒臭い青年は三人の男児の重みに低い呻《うめ》き声を漏らした。

「……うううううううう〜っ、助けてくれ〜っ、調子に乗って踊りすぎた〜っ」

麻耶の父親のセリフを聞き、何があったのか、なんとなくわかる。氷川は白百合《しらゆり》と称《たた》えられる美貌《びぼう》を歪めた。

「……麻耶くんのお父さん？　酒臭いです。子供の前で醜態を晒《さら》すほど、飲むのは控えましょう」

「……あ、裕也くんのお母さんですね？　綺麗《きれい》な花嫁姿で今もメシを三杯、食っていますよ……綺麗だな〜っ、ちくしょーっ、眞鍋《まなべ》の二代目は上手《うま》くやりやがったーっ、京子《きょうこ》を捨てた理由がわかるぜ、あぁ〜っ」

バタバタバタバタバタッ、と麻耶の父親は子供のように手足をバタつかせた。呼応するように、へばりついている男児三匹もバタバタする。

「……うっ……吐く……」

麻耶の父親は苦しそうに口を手で押さえた。

「パパ、大丈夫？」

麻耶は父親を気遣いつつ、その腹部で飛び跳ねた。裕也と来夢は下肢で、モゾモゾ蠢《うごめ》いている。

このままだと天国どころか地獄に召されてしまうかもしれない。

「誰か、手伝ってくださいーっ」

氷川の声に反応したのは、メイド姿の男性看護師と毎日サービスの夏目《なつめ》だった。何せ、まず、やんちゃ坊主三匹、引《ひ》き剝《は》がさなければならない。

「うわっ、子犬が三匹」

夏目はやんちゃ坊主トリオを子犬に喩《たと》えた。

「ワンワンワンワンッ」

裕也と来夢は犬のように吠《ほ》えると、夏目に向かって飛びかかる。一番小さな麻耶にしてもそうだ。

「夏目くん、子供たちをお願いします」

氷川はメイド姿の男性看護師とともに、麻耶の父親を診察室に運ぶ。ズシリと重いから参った。

「氷川院長、任せてください」

夏目の返事に、氷川は目を吊《つ》り上《あ》げた。

「僕は院長じゃありません。院長は綾小路先生です」

「綾小路先生、旅に出たみたいです」

「……え？」

つい先ほどまで、診察室で強烈な存在感を放っていた綾小路がいない。まだ点滴中の患者が何人もいるというのに。

「……ちょ、ちょっと？　綾小路院長？　どこに行ったんですか？」

氷川が血相を変えると、メイド姿の男性看護師に頭を下げられた。

「氷川院長、とりあえず、麻耶くんのお父さんを診てあげてください。こうみえて人気レストランのオーナーです。毎月、きっちり眞鍋組にみかじめ料を払っていますよ。先代オーナーと橘高《きったか》夫人は大の仲良し」

橘高夫妻の名まで出されたら、氷川は無視することができない。冷静に医師として向き合う。

「麻耶くんのお父さん、いったいどうされたんですか？」

なんでも、麻耶の父親は、純米大吟醸とブランデーと焼酎《しょうちゅう》を一気飲みした後、頭から生酒を被《かぶ》った挙げ句、ウォーターボーイズの真似《まね》をしてレストランの庭にあるプールに飛び込んだという。

それらの暴挙で何事もないはずがない。

「魔女が香港《ホンコン》に渡ったって聞いて、常連客と祝杯を挙げて……調子に乗りすぎた。魔女の呪《のろ》いにやられた」

魔女こと眞鍋組の策士の恐ろしさは周知の事実だ。

「魔女の呪いではありません。自業自得です」

「すげぇ、噂《うわさ》通り、魔女を怖がらないのは姐《あね》さんだけだ」

「魔女に惑わされすぎです」

氷川は険しい顔つきで叱責《しっせき》しながら、麻耶の父親に対して処置を施す。子供たちは夏目と一緒に遊び回っている。

「夏目兄ちゃん、レッドマンとブルーマンのツインキックを食らえーっ」

裕也と来夢が夏目にコンビプレイを繰りだした時、新たな急患が飛び込んできた。こちらも裕也と来夢の保育園仲間の父親である。それもフランス人の父親だ。

「……あ～っ、お母さん、ニコラくんとフィリップくんだ。ニコラくんとフィリップくんのお父さんだよ」

「裕也くんのお母さん、ニコラくんとフィリップくんのパパだよ」

フランス人の父親の日本語はおぼつかないが、英会話は堪能《たんのう》だった。氷川は英語を駆使して診察する。

どうやら、彼も牡蠣《かき》にあたったらしい。

「すごい、裕也くんのお母さんは宇宙語が話せるんだね」

来夢や麻耶、日仏《にちふつ》ハーフの兄弟は、英語を喋《しゃべ》る氷川に感心している。裕也は誇らしそうに胸を張った。

「そりゃ、僕のお母さんだもん。ライオンより強いし、宇宙語も喋るんだ」

あれよあれよという間に、闇《やみ》医者の診察室は託児所と化す。裕也に来夢に麻耶に、日仏ハーフの兄弟の面倒を夏目が引き受ける。

「……僕、どうしよう……」

患者は途切れず、子供は増える。そのうえ、病院の責任者である綾小路が行方不明だ。メイド姿の男性看護師は氷川を院長として扱っている。

ひょっとして、これが手？

こうやってこの病院は受け継がれていった？

このまま綾小路院長が帰ってこなかったらどうなるの、と氷川が今さらながらに焦燥感に駆られた時、眞鍋組の信司《しんじ》が大きな荷物を持ってひょっこり現れた。

「姐さん、院長になったんですね。明和《めいわ》病院の先生より、眞鍋のシマの先生のほうがいいと思います。姐さんもメイドさんのカッコで診察しますか？　ここはメイド病院で定着していたんですよ」

普段となんら変わらず、信司の脳内には花畑が広がっていた。今はメイド姿の氷川も蝶《ちょう》々《ちょう》と一緒に舞っているかもしれない。

「信司くん、僕は院長じゃない。勘違いしないでほしい」

氷川に闇医者になる気は毛頭ない。何より、信司の登場は不可解なカオスのシグナルに等しい。

「さっき、眞鍋組総本部に綾小路院長から退職の挨拶《あいさつ》が届きました。新任者の紹介もありましたよ」

　予想だにしていなかった事実に、氷川はその場で転倒しそうになったが、すんでのところで踏み留まる。背中に赤ん坊を背負ったまま、転ぶわけにはいかない。

　ばぶっ、と十夢《とむ》が信司に向けて元気よく挨拶をした。

「新任者が僕？」

「はい、連絡を受け取ったおやっさんたち……安部《あべ》さんたちがひっくり返って、寝ています。榊《さかき》のおやっさんと浜田《はまだ》のおやっさんは泡を吹いた」

　どうやら、眞鍋組総本部に詰めていた昔気質《むかしかたぎ》の極道の度肝を抜いてしまったらしい。氷川の瞼《まぶた》に苦悩する安部の姿が容易に浮かぶ。

「それ、真っ赤な嘘《うそ》だから訂正してほしい。綾小路院長を連れ戻して」

　氷川は真剣な顔で詰め寄ったが、信司は首を大きく振った。

「姐さん、そんなことより、眞鍋の命運をかけたプロジェクトです。聞いてください」

　バッ、と信司は物凄《ものすご》い勢いで診察台に魔女シリーズの商品を並べた。わらわらと裕也や来夢、男児たちが夏目とともに覗《のぞ》き込《こ》む。

「……これは魔女シリーズの商品？」

　氷川が掠《かす》れた声で言うと、信司は快活な声で言い放った。

「そうです。この魔女シリーズなら姐さんも許してくれると思います。いっぱい二代目に食べさせてあげてください」

「おっしゃ、絶対に魔女シリーズをヒットさせる。これをヒットさせて、俺は和成《かずなり》を見返しますっ」

信司と夏目はハイタッチを交わした。どうやら、夏目はクールな弁護士の恋人を見返したいらしい。

「我ながらいい魔女商品です。自信作ですよ」

「おっしゃ、今日もいい魔女具合だぜ」

夏目は目に星を飛ばしながら、魔女の腸という商品名のローストビーフを手にする。確かに、美味《おい》しかったけれども。

「信司くん、夏目くん、僕もいただきました。美味しかった。……けれど、ネーミングが悪すぎる」

氷川が溜《た》め息《いき》混じりに指摘すると、信司は不思議そうに異を唱えた。

「どうしてですか？　ばっちりの商品名だと思いませんか？」

「食欲が湧《わ》かないと思う」

魔女の腸や生き肝を食べたがる消費者が多いとは思えない。それとも、意外性を狙《ねら》うべきなのだろうか。

なんにせよ、氷川は商品名には反対だ。

「じゃあ、魔王にしますか？」

「魔女とか魔王とか悪魔とか、祐《たすく》くんを連想させる名前はやめよう。売れるものも売れない」

「核弾頭シリーズ？」

　信司のセンスには首を傾《かし》げるばかりだ。もっとも、今さらなのかもしれない。今までいろいろなことで、信司には度肝を抜かれてきた。

「却下」

「姐さんの台所？」

「姐さん、はやめよう」

　新しい眞鍋を模索するための商品なのだから極道色は排除させたい。氷川が思案顔で唸《うな》った時。

　お母さん、と裕也が甘えるように氷川の腕に顔を擦りつけた。

　いい子、と氷川は裕也の頭を撫《な》でる。目の中に入れても痛くない子供のためにも、眞鍋組を解散させたい。

「裕也が姐さんを『お母さん』って呼んでいるから……じゃあ、お母さんの台所とか？」

　お母さんの台所。

　ベタかもしれないが、わかりやすいだろう。

「一番マシかもしれない。せっかく美味しい商品を作ったんだから、新しい眞鍋を支えられるシリーズにしよう」

眞鍋組を解散させても、この商品がヒットしたら、構成員たちは路頭に迷わずにすむだろう。氷川の何かに火がついた。

「じゃあ、魔女シリーズからお母さんの台所に変更ですね」

「うん。裏のキャッチコピーは『意外と熱海《あたみ》』にあやかって『意外と眞鍋』だ。熱海限定で売りだすのもいいかもしれない」

賛成、とばかりに夏目が手を上げた。

「ご当地グルメとか、ご当地限定品に絞るのも手です。熱海なら清水谷《しみずたに》時代のツテがありますっ」

かくして、眞鍋組の二代目姐と脳内が花畑の構成員、なんでも屋のメンバーにより、真剣に『お母さんの台所』シリーズの商品化が議論された。

「姐さん院長、俺はこの生ハムの味が薄いと思うんですが、信司はこれくらい薄くないと姐さんが怒るって言い張りました」

夏目に生ハムを差しだされ、氷川はプロになったつもりで味見をした。

「夏目くん、これでも充分、塩辛い。しっかり味がついているから大丈夫だよ。美味しいだけじゃなくて健康も意識した商品にしよう」

生ハムの新しい名前は『お母さんの生ハム』であり、ハンバーグは『お母さんのハンバーグ』だ。

「こっちのハンバーグも塩が足りないと思うんですが？」

「これで充分だ。塩分控えめもセールスポイントだからね」

「熱海って言えば、金色夜叉《こんじきやしゃ》でしょう？　塩分多めがいいんじゃないんですか？」

「夏目くん、どうして、金色夜叉で塩分多めなの？　干物の塩分がどうしても高いから、肉加工品は塩分控えめを売りにしよう」

未《いま》だかつてない白熱した議論が続く。裕也や来夢、麻耶たちも『お母さんの台所』シリーズの試作品を摘まんで食べた。メイド姿の男性看護師も美味しそうにロールキャベツを咀嚼《そしゃく》する。

「……あの～っ……面白い話が聞こえてきましたが、俺は熱海出身です。実家は土産物屋をやっています……うちも一枚、噛《か》ませてもらえませんか？」

麻耶の父親から願ってもみない申し出をされ、俄然《がぜん》、眞鍋のプロジェクトメンバーは興奮した。

「麻耶くんのお父さん、ご実家のお土産物屋はどこにありますか？」

氷川が上ずった声で場所を聞くと、人通りの多い商店街の一角にあった。追い風が吹いている。

氷川と信司は目を合わせ、どちらからともなくハイタッチ。

もちろん、氷川がこんなに信司と心を合わせたことは初めてだ。

氷川は夏目ともハイタッチをした。

どこまでわかっているのか不明だが、裕也や来夢、麻耶など、男児たちも嬉《うれ》しそうにはしゃぐ。

さらに、ニコラとフィリップの父親のフランス人が、鳩尾《みぞおち》を押さえながら『お母さんの台所』シリーズでチーズを販売しないかという提案をする。なんでも、フランスの実家が酪農家で、チーズを作っているという。

肉加工品だけでなくチーズ。

いいかもしれない、と氷川はいつの間にかあちこちで拡大しているチーズ売り場を思いだした。

「いける。いけるぜ。絶対にいける。祐をぎゃふんと言わせて、和成を見返す会社になるぜ。姐さん院長が姐さん社長だ。姐さんが社長なら祐は手も足も出ないっ」

夏目の鼻息が一段と荒くなった時、伊都子《いつこ》を送ってきた桐嶋《きりしま》や藤堂《とうどう》が帰ってきた。太夢《たいむ》の手には裕也の好きそうなチョコレートとカサブランカの花束がある。

「……なんや？　なんや？　なんや？　むっちゃ、盛り上がっとうな？　伊都子ちゃんを病院に放り込んできたで」

桐嶋は異常な盛り上がりに驚きつつ、診察台に並んだハンバーグやソーセージの試作品をちゃっかり摘まんだ。美味《うま》い、という合図を指で送る。

「桐嶋組長と美千代《みちよ》ちゃんがコネを使ってくれたので、時間外でもすんなりと伊都子ちゃんは入院できました。皆さん、諒《りょう》くんに感謝していました……が、ここは氷川病院になったんですか？」

目を丸くしている太夢に向かって、長男坊は頰《ほお》を真っ赤にして飛びつく。

「パパっ」

父親の登場に、氷川が背負っていた次男坊も手足をバタつかせた。

「ばぶーっ、パパ、パパ、パパっ、ばぶばぶばぶぶぶっばぶっぱぶーっ」

待っていました、とばかりに氷川は背負っていた赤ん坊を父親に抱かせようとした。けれど、赤ん坊は氷川から離れない。どうやら、すっかり氷川に懐いてしまったらしい。

「……あれ？　十夢くん、パパだよ？」

氷川が目を丸くした時、のっそりと悪鬼が現れた。

一瞬にして、沸いていた診察室に沈黙が走る。

悪鬼が金棒を持って乗り込んできたのだから。

……否、金棒を持った悪鬼ではない。

不夜城の覇者である眞鍋組の二代目組長だ。

氷川が白い頬を紅潮させ、あっけらかんと静寂を破った。

「清和《せいわ》くん、いいところに来た。眞鍋組の新しい形が決まったよ。今日から眞鍋組じゃなくて『お母さんの台所』シリーズを扱う眞鍋食品会社だ。肉加工品だけじゃなくて、チーズも取り扱うことになった。販売ルートも確立できたよ。清和くん、これで危ないことはしなくてもいいよ。これからは美味しくて健康的な商品の販売で……」

氷川の言葉を遮るように、清和の背後に控えていたショウが、哺乳類《ほにゅうるい》とは思えない顔で口を挟んだ。

「姐さん、俺と宇治《うじ》がいなくなってほんの少し……ほんの少しの間にどうしてそんなことになっているんですかーっ」

ショウの絶叫に続き、宇治もゾンビよりゾンビらしい顔で言った。

「姐さん、眞鍋組総本部には姐さんの氷川病院の院長就任の連絡が届いています。綾小路院長……綾小路元院長がどこに行ったのか、まったくわかりません……いったい何がどうなっているんですか？」

「眞鍋組は解散する。これからは美味しくて健康的な商品の販売で身を立てる。そういうことです」

氷川が毅然《きぜん》とした態度で宣言した。

間髪入れず、信司と夏目が同じセリフを言い放った。

毎日サービス
10

「俺たちに任せてください」

信司や夏目の笑顔は、眞鍋組の韋駄天《いだてん》と武闘派幹部候補の地獄の亡者モードをアップさせた。

けれど、小さなやんちゃ坊主たちは目をキラキラと輝かせる。何しろ、格好の好敵手に隙《すき》ができたのだから。

「ショウ兄ちゃん、レッドマンキック」

裕也の必殺技が眞鍋の切り込み隊長に炸裂《さくれつ》した。

「宇治お兄ちゃん、ブルーマンキック」

来夢や麻耶の必殺技も次から次へと繰りだされる。

「宇治お兄ちゃん、イエローマンキック」

ニコラとフィリップも派手なジェスチャーでショウや宇治に攻撃した。

「僕たち五人、お母さんを守る正義の味方マンファイブだーっ」

チビッコ五人組はそれぞれ決めのポーズを取った。そうして、眞鍋の精鋭たちにダイビングした。

あっという間に、診察室はやんちゃ坊主と元やんちゃ坊主の決闘の場になる。その拍子に点滴棒が派手に揺れた。

「こらっ、ここは病院です。戦ってはいけません」

氷川の注意に誰も耳を傾けない。

何より、今現在、氷川の脳裏を占めているものは、新しい眞鍋の屋台骨になる新商品プロジェクトだ。

「姐さん社長、チビッコをショウや宇治に任せて、今のうちに話を進めましょう」

いつになく真剣な信司の言葉により、氷川と夏目はカレンダーを眺めながら行程を詰める。発売時期はいつがいいか、製造過程を考慮し、全神経を注いで話し合った。

愛《いと》しい男にどんな目で睨《にら》まれているか、氷川はまったく気づいていない。構っていられないのだ。

桐嶋は高らかに笑うと、清和の肩を鼓舞するように叩《たた》いた。

「眞鍋の、またけったいなことになっとんな」

「……………」

「いろんな才能に溢《あふ》れた白百合姐さんや。やっぱり、白百合の姐さんは純白の真っ白やから、なんでも染まりやすいんやろな」

楚々《そそ》とした二代目姐を色に喩えるならば純白だ。朱にも染まれば、墨にも染まる。ホストにもなれば闇医者にもなるし、食品会社の社長にもなるのだ。

「……………」

「止めるならちゃっちゃと止めたほうがええで。姐さんは本気や」

桐嶋の指先には、白百合の如《ごと》き食品会社の社長がいる。氷川はこれ以上ないというくらい真剣な目で、カレンダーに発売日の印をつけていた。太夢は圧倒されたらしく呆然《ぼうぜん》と立ち尽くし、藤堂はいつもと同じように艶然《えんぜん》と微笑《ほほえ》んでいる。

「……桐嶋の、どうやったら止まる？」

清和は地を這《は》うような低い声で、氷川に命を捧《ささ》げた舎弟に尋ねた。

「……ん？　魔女の帰りを待つしかないんかな？」

純白の核弾頭に対抗できるのは、漆黒の魔女以外に見当たらない。桐嶋は香港で孤軍奮闘している秀麗な策士を指名した。

「…………」

「ごっついわ、純白核弾頭」

「…………」

「眞鍋のシマに姐さんを連れ戻して、やっと眞鍋の色男は美酒が飲めると思ったんやけどな……こりゃ、眞鍋の色男の美酒は遠いな」

「…………」

不夜城の覇者が醸しだす悲愴《ひそう》感が増しても、氷川はまったく気にしない。……いや、気にならなかった。

眞鍋が極道の金看板を下ろす。

新しいプロジェクトが軌道に乗れば、眞鍋組を強引に解散させることができるかもしれない。

……絶対に解散させる。

もう危ないことはさせない。

もう二度と血は流させない。

氷川は誰よりも愛しい男の無事と幸福を願っているから。

あとがき

講談社X文庫様では四十五度目ざます。湯河原と熱海で活性化された乙女心が、歌舞伎町でオヤジ色に染まった樹生《きふ》かなめざます。

いや〜っ、世の中、どうなっているんでしょう？

……いえ、アタクシは口が裂けても、世の中についてあれこれ言えません。

……だって、こんなイロモノをこんなに長く続かせてもらえるなんて、いったい世の中、どうなっているんでしょう？　……ではありません。これもそれも物好きな読者様がいらっしゃるからです……でもありません。氷川《ひかわ》と清和《せいわ》の愛の物語を見守ってくださり、本当にありがとうございます。すべて読者様のおかげです。どんなに感謝しても足りません。

アタクシ自身、呆れています。

「狸と芸者の次はホストかよ」

……ええ、ええ、これでも自分自身で呆れていますけ。思い切り呆れていますが、芸者の次はホストだと思いました。

自分自身に呆れたのは、芸者とホストだけではありません。

「湯河原グルメと熱海グルメの次は魔女シリーズと貝毒かよ」

湯河原や熱海を舞台にした物語と向き合っていると、どうしたってお腹が空いて、あれこれ食べて太りましたが、本作はおかげさまで太らず……いえ、体脂肪キープのままENDマークをつけました。

体脂肪もなんのその、実は魔女シリーズを真剣に商品化したい。

体脂肪もなんのその、実は貝の中では一番、牡蠣が好きです。

担当様、一緒に魔女シリーズを商品化し、一緒に牡蠣パーティを開き……ではなく、ありがとうございました。深く感謝します。

奈良千春《ならちはる》様、一緒に魔女シリーズを商品化し、一緒に牡蠣パーティを開きましょう……ではなく、本作も素敵な挿絵をありがとうございました。深く感謝します。

読んでくださった方、ありがとうございました。

再会できますように。


牡蠣ダイエットは断固として避けたい樹生かなめ

『龍《りゅう》の美酒《びしゅ》、Dr.《ドクター》の純白《じゅんぱく》』、いかがでしたか？
樹生《きふ》かなめ先生、イラストの奈良千春《ならちはる》先生への、みなさまのお便りをお待ちしております。

樹生かなめ先生のファンレターのあて先
〒112-8001　東京都文京区音羽2-12-21　講談社　文芸第三出版部「樹生かなめ先生」係
奈良千春先生のファンレターのあて先
〒112-8001　東京都文京区音羽2-12-21　講談社　文芸第三出版部「奈良千春先生」係

N.D.C.913　244p　15cm

樹生かなめ（きふ・かなめ）
血液型は菱型。星座はオリオン座。
自分でもどうしてこんなに迷うのかわからない、方向音痴ざます。自分でもどうしてこんなに壊すのかわからない、機械音痴ざます。自分でもどうしてこんなに音感がないのかわからない、音痴ざます。自慢にもなりませんが、ほかにもいろいろとございます。でも、しぶとく生きています。
樹生かなめオフィシャルサイト・ROSE13
http://homepage3.nifty.com/kaname_kifu/

講談社X文庫

white heart

龍《りゅう》の美酒《びしゅ》、Dr.《ドクター》の純白《じゅんぱく》

樹生《きふ》かなめ

●

2018年10月３日　第１刷発行

定価はカバーに表示してあります。

発行者──渡瀬昌彦
発行所──株式会社 講談社
東京都文京区音羽2-12-21 〒112-8001
電話 編集 03-5395-3507
販売 03-5395-5817
業務 03-5395-3615
本文印刷ー豊国印刷株式会社
製本───株式会社国宝社
カバー印刷ー半七写真印刷工業株式会社
本文データ制作ー講談社デジタル製作
デザインー山口 馨

ISBN978-4-06-513210-4

講談社X文庫ホワイトハート・大好評発売中！

Dr.の傲慢、可哀相な俺
樹生かなめ
絵／奈良千春

残念な男・久保田薫、主役で登場!! 明和病院に医事課医事係主任として勤める久保田薫には、独占欲の強い、秘密の恋人がいる。それは整形外科医の芝貴史で!? 大人気、龍&Dr.シリーズ、スピンオフ！

龍の青嵐、Dr.の嫉妬
樹生かなめ
絵／奈良千春

清和、再び狙われる!? 眞鍋組の若き昇り龍・橘高清和を恋人に持つのは、美貌の内科医・氷川諒一だ。波乱含みの毎日を送る二人だが、ある日、女連れの清和の写真を氷川が見てしまい……。

龍の衝撃、Dr.の分裂
樹生かなめ
絵／奈良千春

氷川、小田原で大騒動！ 氷川諒一は、夜の小田原城で美少年・菅原千晶に父親と間違えられた。そして、あまりにも無邪気で無知な千晶を氷川は放っておくことができなくなり……。

龍の不屈、Dr.の闘魂
樹生かなめ
絵／奈良千春

清和くん、大ピンチ!? 美貌の内科医・氷川諒一の恋人は眞鍋組の若き二代目組長・橘高清和だ。ヤクザであることに憂いを感じつつも、清和と平穏に暮らしていた氷川だったが、大きな危険が迫りつつあった!?

龍の憂事、Dr.の奮戦
樹生かなめ
絵／奈良千春

清和と氷川についに別れが!? 美貌の内科医・氷川諒一の恋人は眞鍋組の若き二代目組長・橘高清和だ。しかし、敵の策略により組長の座を追われた清和は、氷川や祐たちと逃亡することになり!?

ホワイトハート最新刊

龍の美酒、Dr.の純白

樹生かなめ　絵／奈良千春

新婚夫婦を巻き込みホストクラブで事件が!?　ハネムーン中、熱海で芸妓と、そのヒモのようになっていた氷川と清和は、改めて新婚モードを満喫。が、ホストクラブ・ジュリアスの面々も巻き込んでまたも波乱の予感が！

桜花傾国物語

花の盛りに君と舞う

東　芙美子　絵／由羅カイリ

最愛の人と結ばれた花房にまたもや危機が！　幼なじみの陰陽師・武春とついに結ばれた藤原花房。愛の結晶もお腹に宿ったが、男と偽っているから出産も一苦労だ。そんなとき、光輝親王が暗躍を始め……？

ホワイトハート来月の予定（11月3日頃発売）

パティシエ誘惑レシピ……………………藍生　有
精霊の乙女 ルベト　運命の人……………………相田美紅
VIP 熾火……………………高岡ミズミ
突然の花婿……………………火崎　勇
霞が関で昼食を　幸せのその先は……………………ふゆの仁子

※予定の作家、書名は変更になる場合があります。